©2016 Sandra Terzenbach-Blank

Bibliografische Information der Deutschen Nationalbibliothek: Die Deutsche Nationalbibliothek verzeichnet diese Publikation in der Deutschen Nationalbibliografie; detaillierte bibliografische Daten sind im Internet über dnb.dnb.de abrufbar.

Herstellung und Verlag: BoD - Books on Demand, Norderstedt

ISBN 9783741299483

Vorwort

Vielen Dank, sehr geehrte(r) Leser(in), dass Sie mein Buch gekauft haben. Es kam zustande, weil ich nach dem Verfassen und Veröffentlichen meines Angsthunde-Textes, den Sie im Anhang lesen können, mehrfach angesprochen ermuntert wurde, ein Buch zu schreiben. Da das schon immer einer meiner Träume war, habe ich dann aus dem Mosaik meines Erfahrungsschatzes geschöpft und es dann endlich gewagt!

Die Texte spiegeln meine persönlichen Erfahrungen wieder. Wenn sich dadurch jemand verstanden fühlt, mein Buch jemandem hilft, manche Dinge mit Humor und Selbstironie zu nehmen und/oder sich der ein oder andere vielleicht eine Anregung herauszieht, dann hat es sich gelohnt, diese Buch zu schreiben. Fühlt der Mensch sich wohl, fühlt sich der Hund auch wohl. Es erleichtert beiden das Leben.

Vielen Dank an alle, die an mich glauben!

Manus Geschichte – lassen wir ihn selbst zu Wort kommen

Mein Name ist Manu. Das ist er gewesen, solange ich denken kann. Und ich kann mich schon erinnern, als kleines Hundebaby in eine Tötung in Andalusien gekommen zu sein. Ich war ein Herbst-Welpe, so einen füttert man nicht über den Winter durch. Es spart Geld und ist praktischer, uns in der Tötung abzugeben. Es gibt Hunde – Jagdhunde – im Überfluss. Wir sind keine Haustiere, wir sind Nutztiere. Und ein Welpe, der bis zur Jagdsaison gefüttert wird und von dem man nicht mal weiß, ob er ein guter Jagdhund wird, verursacht nur Kosten und hat keinerlei Nutzen. Also kommen wir in eine Tötungsstation, werden ausgesetzt, in den Müll geworfen, erschlagen, ertränkt... Sehr nette Jäger geben uns ins Tierheim.

Was aus meinen Geschwistern und meiner Mama geworden ist, weiß ich nicht. Mich brachten dann liebe Frauen, die in der Tötung „sichere Zwinger" gemietet hatten, in einem ihrer beiden sicheren Zwinger unter und kümmerten sich um mich. Die Zwinger waren nicht schön, es musste ja nach den Regeln der Tötung gehen. Wir durften halt keine Decken, Spielis oder so was haben, waren Wind und Wetter ausgesetzt. Aber wir wurden nicht getötet, wie so viele unserer unglücklichen Artgenossen, denn wenn die sicheren Zwinger voll waren, waren sie voll. Da kann den Tierschützern noch so sehr das Herz bluten...

Nach einigen Jahren kamen Gerüchte auf über einen neuen Pächter und dasd die Tötung „sauber" übergeben werden solle. Das bedeutete, dass auch wir in den sicheren Zwingern getötet werden sollten. Zum Glück hatten unsere Retterinnen schon ein Grundstück gekauft, weil ihr Traum auf Dauer war, aus der Tötung rauszukommen und uns dort unterzubringen. Wir wurden alle (!) – alle Insassen der sicheren Zwinger und aus den Tötungszwingern – bei Nacht und Nebel freigekauft und auf das Grundstück gefahren. Wir waren Flüchtlinge, wir hatten nichts, nur unser nacktes, armes, kleines Leben. Das Grundstück hatte einen Zaun, damit wir sicher waren und behelfsmäßige Unterkünfte für die Ärmsten der Armen – die Alten, Kranken, ganz Jungen... Ich gehörte zu keiner der Gruppen, aber ich will mich nicht beklagen. Das Leben besserte sich etwas. Man sah Fortschritte beim Bau des Heims, der Zwingeranlagen. Wir wurden weiterhin so gut es ging, versorgt.

Natürlich habe ich mit meinem dünnen Fell und kurzen Beinchen immer gefroren bei kaltem Wetter. Und ich mag Menschen. Ich hätte so gern einen für mich gehabt. Oder auch mehrere. Aber das sollte lange Zeit nicht sein... Oft saß ich einsam in meinem Eckchen. Und sah resigniert vor mich hin. Glücklich war ich, wenn jemand die Zeit fand, sich um mich zu kümmern. Oder der Besuch aus dem fernen Deutschland, die ab und zu Hunde besuchten, mit beim Bau halfen und auch manche glückliche Hunde mitnahmen und in „Familien" brachten.

„Familie", das klang schön! Es war für uns nur ein Wort, aber ein Wort, das nach „Gemeinschaft, Zusammenhalt und Geborgenheit" klang. Auch ich wollte so gern eine „Familie".

Eines schönen Tages dann wurde ich zur Untersuchung gebracht. Tierarztbesuche finde ich toll, sie machen Spaß! Es bedeutet, dass sich ein Mensch viel Zeit für mich nimmt, und es gibt sogar ein Leckerchen dafür! Die Tierschützerinnen erzählten mir, dass ich auch bald zu den Glücklichen gehören würde. Eine „Familie" würde mich gern in ihr Leben holen. Ich wurde ganz aufgeregt, jetzt, wo es ernst wurde, denn es waren nur noch zwei Wochen Zeit. Die „Familie" hatte sehr darum gebeten, falls noch ein Plätzchen im Transporter oder Flugzeug für mich frei sei, dass ich so schnell wie möglich kommen dürfe. Sie hatten ihren Hund an Krebs verloren, und der andere Hund und sie selbst waren so traurig und so verloren. Außerdem wollten sie mir so schnell wie möglich mein neues Leben schenken.

Bald erfuhr ich mehr. Die Frau, mein baldiges Frauchen (wie ich wie bei einem Mantra immer wiederholte) hatte mich schon seit über einem Jahr in Beobachtung. Sie hätte mich sehr gern noch als dritten Hund aufgenommen, aber der Verstand sagte der „Familie" immer wieder, dass ein dritter Hund bei ihnen nicht gut möglich sei, da sie schon zwei chronisch kranke, körperlich versehrte und nicht ganz einfache Hunde hatten. So hat sie mich immer mal auf meiner Homepage besucht, unglücklich festgestellt, dass ich kein Zuhause fand und gedacht „wenn Du noch da bist, wenn ich einen Hund suche, nehme ich Dich – halt nur durch, kleiner Manu". Als dann ihr treuer Freund starb, war sie allerdings so traurig und durcheinander, dass sie gar nicht mehr an mich dachte und ganz viele Pointer und Pointer-Mixe ansah! Wenn ich daran denke, was alles hätte schief gehen können...! Da ihr überlebender Hund ein Pointer war, hat sie sich in die Rasse verliebt, und außerdem wollte sie gern einen Hund, der zu ihrem vom Charakter her passt. Allerdings war auch ich unter den „Angeboten", und da fiel es meinem potentiellen Frauchen wie Schuppen von den Augen, und sie erinnerte sich an ihr Versprechen. Sie hatte nun viel zu tun – die Organisation kontaktieren, für eine gute Kontrolle sorgen usw. Die Wartezeit wurde viel kürzer und die Tage heller.

Natürlich war das auch überraschend, denn das wusste ich nicht, dass es das gibt! Jemand, der Pointer liebt! Jagdhunde! Nutzlose Fresser, wenn sie nicht jagen! Ich kannte nur unsere Situation und unser Ansehen hier! Und nun war da eine Frau, die mich wollte und Jagdhunde liebt... Mich, den kleinen Manu, der doch noch nie beweisen durfte, was in ihm steckt. Der noch nie eine Chance bekommen hatte.

Und dann kam DER große Tag... Wie Herrchen so sind, sind sie oft etwas naiv und leichtlebig. Die „Familie" sollte mich in Köln abholen, wo ich im Garten der Vorsitzenden des Vereins nach der Fahrt wartete. Menschen trudelten ein, Hunde wurden begrüßt – für mich kam keiner. Dabei hatte man es mir doch so sehr versprochen! Ich sah mich bereits geistig unter einer Brücke schlafen, da kamen eine Frau mit ganz langen Haaren und ein Hund, der meine Clan-Farben hatte, an den Zaun. Die Frau sprach mich an, erklärte mir, sie hätten sich wegen der vielen Baustellen verspätet, da mein künftiges Herrchen dachte, von Ostwestfalen bis Köln an einem Samstag Mittag seien 2 ½ Stunden Zeitpuffer genug. Natürlich steckten sie im Stau fest, das war ganz klar. Herrchens... Sie und der andere Hund, der sehr schüchtern war und sich förmlich ans Bein seines Frauchens klammerte, kamen dann in den Garten und wir lernten uns schon mal kennen, während mein künftiges Herrchen – auf den Trottel war ich schon neugierig! – einen Parkplatz suchte. Der Hund, Leo, und ich waren uns gleich sympathisch. Und ich dachte, verschlechtern kann ich mich kaum, latsche ich den beiden hinterher. So klebte also auch ich an dem Bein.

Als dann alles erledigt war, wir etwas gestärkt und ausgeruht, alle Papiere unterschrieben, ging es „nach Hause". Natürlich weigerte ich mich, zu Leo auf den Rücksitz zu gehen. Nein, nicht, weil es Probleme gegeben hätte. Aber jetzt, wo doch zwei Menschen für mich da waren, da wollte ich Schoß und Nähe nicht aufgeben. Also fuhr ich bei Frauchen auf dem Schoß kuschelnd und bei Herrchen auf der Schalthebelhand.

Zu Hause angekommen erwarteten mich viele Schlafplätze, Couchen, Sessel, Bett, Spielzeug, Futter... Ich wurde herumgeführt und bekam alles gezeigt, vom Erdgeschoss bis zum Garten. Und dann musste ich in die Badewanne! Ich war leider Uringelb am ganzen Körper und roch wohl unangenehm. Aber das haben wir dann gut erledigt. Man muss auch die Schattenseiten in Kauf nehmen. Denn wo Schatten ist, ist ja auch Sonne – und gut riechen und sauber sein möchte ja jeder.

In den nächsten Tagen wurde alles spannend! Viele Menschen mit ihren Hunden wollten mich kennen lernen, da Frauchen und Leo ziemlich bekannt sind bei uns. Ich wurde gut aufgenommen von all den anderen Hunden und Menschen – es sind quasi Freunde, die ich bereits von meinem Vorgänger „erbte" - und wir gehen oft miteinander spazieren. Manche von unseren Freunden sind sehr besonders für uns. In der Zeit habe ich Freud und Leid erlebt, wie es sich für ein Leben in einer „Familie" eben gehört. Ich bin ein Familienmitglied, man steht zu mir, liebt mich und ich darf mir immer sicher sein, dass ich ein Zuhause habe.

Mit Leo verstand ich mich sehr gut, mein trotteliges Herrchen entpuppte sich als gar nicht so trottelig, sondern als lustiger Tobe-Kumpel, und am liebsten schlafe ich mit im Bett. Böse Zungen sagen mir nach, ich würde jede Nacht einen Wald absägen. Ich verstehe gar nicht, warum.

Außerdem musste ich stark abnehmen und Muskulatur aufbauen. Gut, ich hatte Probleme, die Beine auf den Boden zu bekommen vor lauter Bauch – aber glaubt

Ihr, ich sei noch mal satt geworden hier?! Nein... Stattdessen wurden immer Spaziergänge und Wanderungen gemacht, ich musste Körpergefühl erlernen und inzwischen fliege ich über Wiesen und durch Wälder. Was mit meinen langen Schlappohren immer ein wenig an Dumbo erinnert.

Allerdings kalt ist es im Winter in Deutschland! Da bestehe ich auf meine Kleidung. Schnee und solche Geschichten, na herzlichen Dank! Nicht nackig, bitte!

Am liebsten liege ich in der Sonne im Garten oder am Kaminfeuer. Auch, wenn das Wetter hier oft kalt ist und auch die Tierschützer in meinem Mutterland sich viel Mühe gaben und toll waren – hier habe ich viele warme Herzen kennen gelernt und bin ein glücklicher Hund geworden. Man sagt, wo das Herz ist, ist Heimat. Und meins ist hier.

Als mein lieber Freund Leo starb, war ich doch sehr traurig und mitgenommen. Dann hat Frauchen dieses Blag kennengelernt. Nun gut, einer musste sich seiner ja annehmen. Also habe ich das getan. Wer hätte Wilbert denn adäquat alles beibringen können, was er wissen musste?! Ich wurde also sozusagen Vater. Ein weiteres Abenteuer in meinem Leben begann von da an.

Hunde sind unsere Seelenverwandte

Jeder Tierfreund weiß, dass Tiere eine Seele haben, auch wenn das Wissenschaftler nicht bestätigen. Aber – halt – was ist die Seele? Ist sie etwas, was man wissenschaftlich beweisen kann? Es wurden zahllose Forschungen durchgeführt, was die Seele ist, was sie nach dem Tod eines Lebewesens veranstaltet, Literatur befasst sich mit ihr… Trotz aller Unwissenheit weiß niemand, ob überhaupt jemand eine Seele hat – aber warum sollten ausgerechnet Tiere keine haben?! Ich bin jedenfalls davon überzeugt, dass sie eine haben, genauso wie wir Menschen, wie Pflanzen. Bei manchem Psychopathen wage ich es zu bezweifeln.

Wölfe haben sich bereits – und hier stütze ich mich auf die gute alte Wissenschaft – seit Jahrtausenden dem Menschen angeschlossen, ja, es gibt sogar Berichte, die auf 100.000 Jahre von der Entstehung zum Hund zu berichten wissen. Was klar ist – wir haben eine sehr lange gemeinsame Geschichte. Diese Geschichte hätten wir nicht, wenn wir uns nicht sympathisch wären und in gewisser Weise sogar ähnlich. Eine These ist, dass der moderne Mensch zeitweilig neben dem Neandertaler existierte. Der Neandertaler aber war eher ein Einzelgänger, der moderne Mensch studierte das Sozialverhalten der Wölfe und übernahm es für die eigene Lebensform. Man kann mit Fug und Recht behaupten, dass wir ohne den Hund nicht existieren würden, denn ohne dieses Sozialverhalten wäre eher der moderne Mensch ausgestorben anstatt der Neandertaler.

Bin ich mit Hunden zusammen, merke ich, wie etwas Ursprüngliches in mir angesprochen wird. Ich habe großes

Verständnis, dass Hunde gern durch Wiesen, Wälder, über Felder laufen. Manchmal träume ich davon, mit meinen Jungs durch Wüstenlandschaft oder Steppen zu rennen. Einfach eins mit der Natur sein. Um uns herum nur Stille und keine lästigen Menschen. Teilweise ist mir nicht klar, wer diesen Gedanken hat. Bin ich es wirklich? Oder gibt mir die Gedanken einer meiner Hunde ein? Wilbert, der davon träumt, sich den Wind um die Ohren rasen zu lassen? Manu?

Wir laufen täglich viel und oft gehen wir abseits der Wege, einfach über kleine Pfade. Das sind die Gänge, die wir wohl alle am meisten genießen. Fort von der Zivilisation. Ich spüre meine Wurzeln. Genieße den Regen, den Wind. Lasse mich von der Sonne streicheln. Toben die Herbstelemente, weiß ich, das ist Leben. Gleichzeitig weiß ich aber natürlich, das ist nicht alles. Ich sehne mich nach Freiheit, nach freien Landschaften.

Mensch und Hund brauchen die Natur, der sie sich zwangsläufig aber entfernt haben.

Nachdem wir uns dann mit der Natur im Einklang gefühlt haben, lieben wir es aber auch, uns auf unsere Couch zu lümmeln, in dicke Wolldecken gepackt, im Herbst/Winter prasselt ein Kaminfeuer. Wir liegen dort, kuscheln uns aneinander und genießen einfach die Gemeinsamkeit. Denn nicht nur der Mensch schätzt seinen Komfort, auch der Hund ist ein Wesen, das es sich gern bequem macht, wenn sein Bedürfnis nach Laufen und Bewegung erfüllt ist.

Beide sind wir in der Hinsicht etwas schizophren, Mischwesen. Kein Wildtier mehr, aber beide noch nicht Haustier genug, um nicht den letzten Rest Wildheit in uns zu haben. Moment – Wildheit? So würden wir es wohl gern bezeichnen. Aber um Wildheit in uns zu haben, dürften wir nicht so verspielt und auf ewig juvenil sein. Gegen ein Wildtier haben wir keinerlei Chance, weder Hund noch Mensch. Es sei denn, man nutzt Waffengewalt oder sonst Mittel, die uns von der Zivilisation in die Hand gegeben werden. Wildtiere sind uns in der Natur überlegen. Im Gegensatz zu ihnen brauchen wir aber auch die Zivilisation. Wer wäre schon in der Lage, draußen zu überleben, also obdachlos? Sicherlich gelingt es einigen Menschen, aber mehr schlecht als recht und wohl auch eher unfreiwillig. Ebenso ist es mit Streunern. Sie sind meist ebenfalls in schlechtem Zustand – und wie oft erlebt man, dass ein ehemaliger Straßenhund zum begeisterten Sofawolf mutiert?! Das Leben auf der Straße ist nämlich auch für Hunde sehr hart. Sie bekommen Krankheiten/Verletzungen, an denen sie sterben, die Ernährung ist einseitig und das Futter und Wasser oft rar. Temperaturen sind eine Gefahr. Und last, but not least – die zahmeren Wölfe, aus denen die Hunde gezüchtet wurden, haben sich dem Menschen nicht grundlos angeschlossen. Zum einen aus Sympathie. Aber auch aus Bequemlichkeit.

Weil uns beiden Spezies, die wir sehr aneinander hängen, unsere Zivilisation einen gewissen Raum erlaubt, in dem wir ungefährdet leben dürfen, trotzdem immer satt und zufrieden sein können, ist es uns möglich, das wir „wir" sind. Das wir Kräfte mit Spielen vergeuden statt mit Jagd und Futtersuche. Dass Jagden erfolglos verlaufen, sofern sie überhaupt stattfinden.

Sobald dann der Kopf das (Hunde-)Kissen berührt und wir unter unsere Decken aneinander gekuschelt sind, können wir wieder von Steppen und Wäldern träumen, während andere den Überlebenskampf in einer anderen Welt als der unseren kämpfen. In einer anderen Welt als in der, in der wir als Seelenverwandte leben. Und in der wir wahrscheinlich keine Seelenverwandte wären.

Hilfe – ich bin auch Zucker!

Diesen Aufschrei habe ich regelmäßig bei Regen und Schneeregen gehört. Der einzige, dem das Wetter nie etwas ausmachte, war Barras. Der alte Knochen marschierte bei jedem Wetter gerne mit. Nun brauchte er zwar einen Mantel, als er 16 Jahre alt wurde, da er Rückenprobleme hatte, aber er liebte seine Spaziergänge sehr. Stasky war immer so „lala". Er liebte zwar gemeinsame Unternehmungen, fand nasses Wetter aber überflüssig. Auch er bekam mit seinen Knochenproblemen einen wasserdichten Mantel.

Auf dem Höhepunkt der Wetterfühligkeit kam ich mit Leo an. Anfangs wollte er nicht aus dem Auto steigen, sobald die Luftfeuchtigkeit stieg. Drei Tropfen Regen? Iiih, nein, ich werde mich auflösen! Kein

Wunder, er hatte als Pointer kein Unterfell. Das der arme Kerl fror und Nässe und Kälte auch absolut ungesund für ihn waren, ist ja kein Wunder! Somit würde ich jedem, dessen Hund ungern durch „Pfui-Wetter!" läuft oder eben kein Unterfell und/oder kaum Fett hat, raten, gute Kleidung für das Tier zu besorgen. Auch alte, knochenerkrankte, nierenkranke Hunde haben einen unschätzbaren Vorteil mit Hundemänteln. Gespräche mit diversen Physiotherapeuten und Homöopathen sowie manchem Tierarzt, von denen ich naturgemäß viele kennengelernt habe, ergaben, dass es nicht verkehrt ist, auch gesunden, kurzfelligen Hunden Mäntel bei Nässe und Kälte anzuziehen. Man muss überlegen, dass sie aus gut geheizten Zimmern kommen. Außerdem liegen die Nieren oben und werden nass und kalt. Haben unsere Mütter uns nicht genau deswegen vor bauchfrei gewarnt?! Ja, aber unseren Hunden tun wir das an?!

Gehen Sie bitte individuell auf Ihre Tiere ein und hört nicht auf die berühmten Besserwisser, die noch mit alten Methoden gespickt auf Ihnen herumhacken, wenn Sie Ihre Tiere anzieht. Hören Sie auf sich selbst und auf Ihre Hunde!

Manu trägt sogar, da er ein Beinchen hat, das operiert wurde (die Sehne war gekappt) und damit sicherlich mal im Alter Probleme bekommen wird, einen Overall aus Fleece, wenn es im Winter sehr kalt ist. Es sieht aus, als liefe er im Pyjama durch die Gegend, aber es stört weder ihn noch mich. Diesen habe ich auch Leo im Winter nach seinen Bandscheibenvorfällen angezogen. Mir ist es lieber, man lacht über mich, als das die Gesundheit meiner Hunde leidet.

Ich erinnere mich, dass wir einmal den Fehler machten, den Wetterbericht nicht zu hören und es gerade, als wir auf dem

Parkplatz hielten, um einen schönen Waldgang zu machen, strömte wie aus Eimern. Manu wollte partout nicht aussteigen. Er stemmte sich comicfigurenartig mit allen vier Pfoten in die Türrahmen.

Die Gretchenfrage – Bett und Couch?

Bei uns gar keine Frage. Unsere Hunde dürfen mit auf die Couch und auch ins Bett. Sie dürfen – sie müssen nicht. Bei uns gibt es auf jeder Etage ausreichend gemütliche Hundeplätze, die okkupiert werden können, wenn einer der Hunde (vorübergehend) keinen Körperkontakt wünscht. Allerdings werden diese zwischendurch kurz genutzt. Meist jedoch möchten sie mit zu uns.

Wilbert hat bisher noch keine einzige Nacht außerhalb des Menschen-Bettes verbracht. Er kuschelt sich sehr eng an und das Erste, was er morgens macht, ist, einen seelenvollen, noch verschlafenen Blick, aus seinen wunderschönen Augen zu mir zu werfen. Manu liebt es, wenn es kühler wird, im Bett zu liegen. Erklärung: kühler ist bei ihm, wenn die Temperatur nachts unter 20 Grad sinkt.

Allerdings bekommen die Hunde auch eine Decke über sich in ihren Hundebetten. Wenn es dann wärmer ist, zieht er sein Bett vor, das direkt an meine Bettseite grenzt. Von dort kann er dann Kontakt aufnehmen, da die Nächte ja lang sind. Oder spontan ins Bett krabbeln. Was nicht heißt, dass er das dann fix beschließt und – schwupps – ins Bett hoppst. Nein, Manu setzt sich auf und reckt sich. Ich höre ein tiefes Seufzen. Rücke ich nicht zur Seite und lupfe meine Bettdecke, weil ich noch zu müde bin, reckt sich und gähnt Manu lautstark. Bin ich ganz und gar nicht wach zu bekommen, steht er auf, tappst herum. Natürlich springe ich dann aus dem Bett, frage ihn, ob er im Garten Pipi machen muss. Nein, normalerweise springt er dann ins Bett. Eingequetscht liege ich dann zwischen zwei seelig schnarchenden Hunden und weiß, mein Rücken wird es mir nicht danken.

Sicherlich gefällt es einigen Menschen nicht, wenn die Hunde Haare o. ä. ins Bett tragen. Das ist in Ordnung und Geschmackssache. Ich ziehe eben einfach einmal öfter das Bett auf als andere. Ich habe es sehr gern, wenn ich lebendige Wärmflaschen habe, wenn neben mir vertrauensvoll schnarchende, warme, kuschelige Hunde liegen. Aber das ist nur meine Meinung. Schade wäre es, wenn ein Hund komplett aus dem Schlafraum ausgeschlossen wird, denn das ist im Hunderudel einfach nicht wirklich üblich. Im Gegenteil – die Hunde, die eine enge Beziehung pflegen, machen gern und regelmäßig Kontaktliegen.

Die berühmte Alpha-Tier-Sache, in denen Hunde in Verdacht geraten sind, die Weltherrschaft übernehmen zu wollen, ist ja zum Glück von engagierten Caniden-Forschern längst ausgeräumt worden. Oder wie ich kürzlich hörte „sie wollen nicht die

Weltherrschaft — sie haben aber die Herrschaft über uns". ...aber bitte nicht den Hunden weiter sagen...

Manege frei – hier kommt Wilbert

Nach Leos Tod liefen wir, Manu und ich, wie Falschgeld herum. Leo war der Überschäumende gewesen, die Antriebskraft, die täglich laufen, laufen, laufen wollte. Manu ist ein Schatz, aber er braucht jemanden, der ihn „aufmischt", der ihn antreibt. Waage-Sternzeichen halt. Hat er so jemanden, ist er ein immer gut gelaunter Clown, ein Hund mit Prinzipien, über dessen Späße, Lebensfreude und Macken man sich amüsieren kann und von denen man sich mitreißen lässt. Nachdem man ihm – und uns – Leo genommen hatte, wurde er zunehmend appetitlos, eigenbrötlerisch, muffelig. Dazu kam noch erschwerend, dass im September des Vorjahres meine Mutter (viel zu jung) verstorben war, im Januar die Mutter meines Mannes, eine Woche vor Leo die Hündin meines Vaters. (Eine Rumänin;

sehr liebes Mädchen, aber sehr scheu. Sie ließ sich Zeit ihres Lebens nur von der Familie und einer guten Freundin meines Vaters anfassen.) Wir brauchten Freude und Leben im Haus.

Wir schauten also nach Hunden... Überall. Auf Homepages, in Annoncen...

Irgendwann sah ich einen kleinen Terrier-Mix im Bielefelder Tierheim. Ein netter Kerl, aber nichts für Manu. Das Terrier-Temperament war nicht sein Fall. Eigentlich auch nicht meins. Offen gestanden sah ich mich nach den für uns verkehrten Hunden aus den falschen Gründen um. Wir lieben die sensibleren Seelen, die draußen mit Pfeffer unter'm Hintern ausgestattet sind. Diese waren bei uns immer als feste Hunde und eben als Pflegehunde. Diesmal jedoch suchten wir nach einem Mini-Hund, der, wenn Manu in ca. zehn oder mehr Jahren, nicht mehr lebte, ins Flugzeug auf den Schoß gesetzt würde, in ein Handtäschchen auf dem Weihnachtsmarkt – all solcher Quatsch. Enge Freunde schüttelten die Köpfe, ließen uns aber gewähren. Natürlich fand sich nicht DER Hund für mich.

Einen Tag nach Kennenlernen des Terriers stellte ich fest, dass ich meinen Ausweis im Tierheim vergessen hatte. Also noch einmal hin. Zögernd ließ ich mich von einem guten Freund breitschlagen, noch einmal den ein oder anderen Hund auszuführen. Ich interessierte mich für einen weiteren Mini, erfuhr aber vor dem Gassi, er sei gar nicht rudelfähig.

Aber eine sehr nette Mitarbeiterin machte mich auf einen Hund aufmerksam, der ihrer Meinung nach in mein Beuteschema passte. Allerdings in mein ursprüngliches... Diesen Hund hatte ich bereits am Tag der offenen

Tür gesehen, er hatte meine Hand flüchtig durch die Gitterstäbe eines Auslaufs geküsst; natürlich kam er für mich nicht in Betracht, da ich ja einen ganz anderen Hundetypus suchte diesmal. Außerdem war er mir mit 6,5 Monaten zu jung, da ich meinte, meine einzige Junghund- und Welpen-Liebe sei mit einem Dalmi-Pflegling Vergangenheit. Seitdem konnte ich mich nur noch in erwachsene Hunde verlieben. Aber ich dachte: „Ein Gassi-Gang schadet ja nicht; freut sich der Hund, er kommt raus."

Wilbert, im Tierheim hatte er noch einen anderen Namen, saß im Innenbereich. Ich rief ihn und er kam und quetschte sich fast durch die Gitterstäbe durch. Leckte meine Finger. Ich war bezaubert und sagte ihm „Geh wacker rein, ich hole Deine Leine und wir gehen Gassi." Jedes Wort verstanden hatte der Rumäne natürlich.

Als er mir mit Leine zum Gassigang übergeben wurde, schaute er mich an, als wolle er sagen: „Na, hast Du endlich verstanden, dass Du mit mir rausgehen sollst?!". Er führte mich durch den Waschmaschinen- und Küchenbereich nach draußen und nahm draußen spielerisch seine Leine in die Schnauze. Während unseres Spaziergangs nahm er freudig Leckerchen, zog an meinen Haaren, sprang an mir hoch. Als wir auf eine Mitarbeiterin des Heims mit ihrem Hund stießen und ein wenig ßgemeinsam liefen, merkte ich, dass er trotz seines jungen Alters auch nicht aufdringlich bei anderen Hunden war. Glücklich, weil ich auch überzeugt war, er würde Manu und meinem Mann gefallen, rief ich die beiden an, doch leider reichte die Zeit nicht mehr, dass sie ihn kennenlernen konnten. Also direkt für den nächsten Tag einen Platz auf seiner Spazierkarte reserviert. Schlaflose Nacht. Noch vor der Öffnungszeit sofort zum

Tierheim, hibbelig gewartet und Wilbert abgeholt.

Mit Manu klappte es sehr gut. Die beiden waren sich sympathisch, Wilbert orientierte sich an Manu, er mochte meinen Mann, und mit uns beiden war das Wiedersehen freudig, als wolle er sagen „Wenn Du dabei bist, ist das alles nicht beängstigend." Wilbert, war nämlich als schüchterner, ängstlicher Hund beschrieben. Mehr noch, als ich ihn zurückbrachte in den Zwinger und einen Probetag ausmachte, wurde ich von Gassi-Gängern angesprochen, die zu berichten wussten, dass Wilbert normalerweise ein Geweine und Geschreie startete, sobald seine Amme (mit der er im Zwinger saß) sich auch nur ein wenig entfernte. All das konnte ich gar nicht bestätigen, im Gegenteil. Voll Vertrauen ging er mit, er war absolut interessiert an der Welt und schien freudig alles anzunehmen, was man ihm zeigte. Wirkte auf mich, wie ein normales Hundekind.

Der nächste Tag war unser Probetag – eine weitere schlaflose Nacht. Wilbert wurde mit seiner zukünftigen Patentante mit ihrem Auto abgeholt. Wir saßen gemeinsam im Hundebereich des Autos. Gerührt stellte ich fest, dass Wilbert, der beim Einsteigen gehoben werden musste, weil er Autofahren ja gar nicht kannte, sein Köpfchen auf mein Bein legte und mich seelenvoll ansah.

Angekommen, liefen wir mit Manu eine Runde, dann ging es zu uns rein und Manu erinnerte mich sehr an den bekannten Film, den sicher viele Hundehalter kennen, „Scott & Hutch". „Dies ist NICHT DEIN Zimmer! Dies ist NICHT DEIN Spielzeug! Dies ist NICHT DEIN Napf!". Gut, darauf ist man vorbereitet, da nicht jeder Hunde (wie z. B. unser Leo) sofort die Pfoten ausbreitet und alles zu teilen bereit ist. Wobei Wilbert Manu ja nicht unwillkommen war, sondern er ihm zeigen musste, dass er doch noch hier der Erste war. Allerdings legte sich das bereits am nächsten Tag, jeden Tag wurden Wilbert mehr Freiheit und mehr Rechte zugestanden und nach drei Tagen lagen die beiden auf einer Couch, jetzt trinken sie gleichzeitig aus dem Wassernapf, sie küssen sich, sie spielen miteinander...

Aber zurück zum Probetag. Mein Mann fragte mich als Erstes, als wir aus dem Auto stiegen: „Hat er Dich beim Reinheben angepinkelt?" Empört, was man meinem Neu-Baby denn zutraute, fragte ich: „Wie kommst Du denn DARAUF???" Kleinlaut: „Naja, weil mir das von einer Pflegerin gesagt wurde, dass er pinkelt, wenn er hochgehoben wird, weil er Angst hat."

Kurz und gut, Wilbert hatte uns mehr ausgesucht als wir ihn. Er wollte uns. Wir sind alle zusammen sehr glücklich. Der Kleine hat Leben in unser Leben gebracht und alle die ihn kennen, sind sich einig, dass er ein toller Nachfolger von Leo ist. Wilbert ist ein absoluter Freuden-Cocktail, der nur aus den besten Zutaten besteht; er bereichert unsere Familie ungemein. Er ist wundervoll.

Seine Amme hat Wilbert nicht vermisst – ich habe ein paar Mal halb im Scherz gesagt, dass Hundekinder einfach sehr undankbar seien. Für sie tat es mir sehr leid, die Zurückgebliebene, Verlassene. Da komme ich und stehle ihr Baby und sie bleibt dort. Unser Glück aufgebaut auf ihrem Unglück. Die beiden sollten auf jeden Fall getrennt vermittelt werden. Das Mädel hatte genug eigene Baustellen, die ein zukünftiger Halter ausbügeln müsste. Daher wären sie auf jeden Fall getrennt worden. Zum Glück ist sie inzwischen vermittelt.

Ich wollte eigentlich auch nie mehr einen Windhund, weil das Kapitel zum Schluss so schmerzlich war, speziell für mich. Es sind einfach wunderbare Geschöpfe, aber die Wunden wollte ich nur noch vergessen. Und einen Welpen wollte ich aus gleichem Grund nicht. Und da hatte mich dieser Magyar Agar-Welpe selbst ausgesucht, für den es ja schon allein eine Riesen-Überwindung gewesen sein musste, am Tag der offenen

Tür bereits einmal Kontakt zu mir aufzunehmen und dann mutig mit mir aus dem Tierheim zu marschieren. Sogar in ein neues Leben. Es in fremde Hände zu legen und das Beste anzunehmen. Wilbert ist allerdings ein spezieller Hund. 6,5 Monate sind eine gewaltige Zeit für einen jungen Hund. Man darf sich darin nicht täuschen. Es sind entscheidende Monate. Wilbert lernte in der Zeit nicht viel kennen, und ganz angenehm sind seine Erfahrungen mit Menschen einfach nicht gewesen. Dass er sich schnell an mich anschloss war, für uns alle ein Glück. Gemeinsam haben wir sehr viel erarbeitet.

Zu seiner Vorgeschichte muss gesagt werden, dass er aus der Smeura in Rumänien, dem größten Tierheim der Welt, kam. Dort bekam er eine Amme als Welpe, die sich seiner annahm, ihn tränkte. Die Kleine sah aus wie unser Leo, nur etwas kleiner. In der Smeura bemühen sich alle um die Hunde, aber wenn auf 300 Hunde ein Pfleger kommt – kann man sich vorstellen, dass es eine Notlösung ist und sich Probleme auftun können, wenn man einen Hund adoptiert. Die beiden wurden in unser örtliches Tierheim gebracht, wo leider die Gassi-Gänger nicht ganz so glücklich waren, sich mit einem Welpen abzugeben, der sich eben nicht freute, sondern ängstigte, wenn er dem tristen Tierheim-Alltag entfliehen sollte, und sie ihm die Welt ein wenig näher bringen wollten.

Körperlich hatte Wilbert eine unentdeckte Schleimbeutelentzündung am Vorderbein. Wie man das übersehen konnte, ist ein ewiges Rätsel, da diese tischtennisballgroß war. Wir haben diese vom Tierheim-Tierarzt untersuchen lassen, und wir gingen konform, erstmal ohne Punktierung eine Heilung zu versuchen. Er solle vor allem weich liegen. Kaum hörte Wilbert das, belegte er ein kleines Sofa, auf dem fünf Wolldecken ausgelegt waren sowie mehrere Kissen. Weicher hatte es also nur die Prinzessin auf der Erbse. Glücklicherweise heilte die Schleimbeutelentzündung komplett aus.

Aber auch seelische Baustellen hatte der kleine Kerl – wie erwähnt waren seine prägenden Monate nicht ideal für ein Hundekind. Seine Amme beispielsweise zeigte ihm, dass man an der Leine Artgenossen verbellen musste. Daran haben wir gut gearbeitet. Zuerst ließ Manu sich natürlich auch dazu verleiten, schließlich lernt man gegenseitig von sich. Aber mit Geduld, Spucke, Leckerchen und dickem Fell klappt es inzwischen gut. Meist sind alle anderen Dinge wichtiger als fremde Vierbeiner, wenn wir angeleint irgendwo hergehen. Die Welt ist einfach zu spannend.

Außerdem Angst... Wilbert hatte viel, viel Angst. Vor allem. Menschen, Fahrrädern, Pferden, Schafen, Rindern, Kindern, Autos, Gebäuden... Wir schauten uns dann gemeinsam, Wilbert immer in meinem Arm an mich gedrückt, all diese unheimlichen Dinge erst aus der Ferne an. Meist zeigte Manu dann auch durch Kontaktaufnahme, dass die schlimmen Sachen normal und harmlos waren. In Gebäude musste ich Wilbert noch, als er ein langer Lulatsch war, hineintragen. Selbst in so verführerische Geschäfte wie in Tierzubehör-Läden. Dort gehen Hunde ja meist freudig mit. Nicht so Wilbert. Er schien eine Todesangst zu haben und sperrte sich, drehte fast durch. Ohne Geschirr hätte er sich oftmals sicherlich rausgewunden. Aber ein gut passendes Geschirr ist bei uns Pflicht, und so konnte ich Wilbert immer halten, etwas beruhigen und schließlich auf den Arm nehmen; er seine langen Beine um mich geschlungen, mit dem

Schwanz noch meine Beine umklammert und Nase und Augen unter meinen Haaren vergraben. Natürlich sprang meist ein toller Besuch mit wunderbaren Leckerchen raus.

Wilbert musste sehr mutig sein bei all seinen Ängsten, er hat tapfer gelernt. Er kam auch von Anfang an bei Unsicherheit zu mir. Alles, was sich als harmlos herausstellte, wurde dann abgespeichert, über jedes Erfolgserlebnis waren wir beide stolz wie Lebkuchenpferde.

Inzwischen ist Wilbert reserviert bei fremden Menschen – was er sein darf. Er ist kein Retriever, sondern ein Magyar Agar. Er lässt sich nicht so gern von Fremden anfassen. Auch das ist völlig okay in meinen Augen. Versucht jemand Fremdes oder Halbfremdes, ihn festzuhalten, windet er sich aus dem Griff. Es wäre schlimm, wenn er darauf mal angewiesen wäre mal.

Ansonsten ist Wilbert einfach ein lustiges Kerlchen, meist gut gelaunt, strahlt fast immer, versteht sich mit fast allen Hunden. Selbst im Schlaf sind seine Lefzen zu einem Lächeln verzogen.

Hunde und Zerstörungswut

Es sind leider nicht nur Welpen oder Junghunde, die zeitweise unter Zerstörungswut leiden. Auch erwachsene Hunde, die noch nie in einer Wohnung oder einem Haus gelebt haben, können durchaus unter dem Einfluss von Kali, der Hindu-Göttin der Zerstörung, leiden. Man muss bedenken, dass für sie alles neu ist und sie in eine komplett neue Welt kommen. Verlassensängste können sich durchaus in der Zerlegung des Wohneigentums ihres Menschen äußern. Hierzu gebe ich keine Trainingsanleitungen, da ich keine Hundetrainerin bin. (Auch hier bitte auf das Bauchgefühl hören, wer wie am besten helfen kann.)

Man kommt nach Hause und ist wie vom Schlag getroffen: Alles liegt wild durcheinander und kaputt herum. Zerrissene Tüten, die Innenleben von Kissen, durchlöcherte Decken, evtl. sind Sofas und/oder Sessel zerfetzt; Mehl-, Haferflocken-, Reis-Packungen geleert. Papier, das regelrecht geschreddert ist (leider sind die Hunde nicht so verständig, nur die Rechnungen zu zerreißen). Und es tappst einem der Vierbeiner mit glücklichem Gesichtsausdruck entgegen – „Du bist wieder da!". Ja... Und soll ich nun lachen oder weinen?!

Aber auch die panische Suche nach Lebensmitteln kann in derartige Orgien ausufern. Barras z. B. hat wirklich alles gefuttert, was nicht niet- und nagelfest war, so dass wir kaum noch wussten, was wir wo hochlegen oder verschließen sollten. Ein stetiger Kampf in all den Jahren.

Stasky litt anfänglich darunter, wenn ich ihn kurzzeitig allein ließ. Als es überwunden schien, ging ich zur Kur und nahm die Hunde mit. Während meiner ersten Anwendung zerlegte Stasky die Unterkunft...

Leo hatte sich eigentlich gut im Griff und konnte in Gesellschaft anderer Hunde sehr gut allein sein. Einmal allerdings war er stinksauer – und ich denke, zu Recht. Leo hatte sich nämlich am Bein verletzt, als er in eine Bierflasche getreten war. Der Schnitt befand sich so ungünstig am Beinchen, dass er gar nicht laufen durfte, außer eine Pipi-Runde drehen, da er beim Abknicken des Gelenks Gefahr lief, die Wunde wieder aufzureißen. Den ersten Tag verließ ich mit unserem Stasky und Chico, unserem damaligen Pflegi, das Haus, und wähnte Leo in Herrchens guten Händen. Leider bekam Herrchen r einen Anruf seiner Mutte,r und ohne auf mich zu warten, fuhr er zu ihr. Leo legte zwei komplette Zimmer in Trümmer. Den Eingang konnte man im Grunde vernachlässigen. Schlimmer war das Computer-Zimmer, zumal mir eiskalt wurde, da Leo ja hätte wer-weiss-was passieren können bei dem Technik-Kram… Wer bekam in dem Fall wohl den Ärger?! Ein Tipp – Leo nicht.

Der Erste, der unser Sofa zerstörte, war Manu. Eines Tages kam ich nach Hause und dachte verwundert: „Schneit es in unserem Wohnzimmer?". Natürlich nicht. Es klaffte ein großes Loch im Couch-Bezug und dort hatte Manu das Innenleben lustig herausgezogen. Ich war wie vor den Kopf gestoßen. Als das Schlappohr dann auf mich zukam und ein Kissen in Form eines Herzens in der Schnauze trug, konnte ich ihn nur noch in den Arm nehmen. Manu hat so viele Kissen auf dem Gewissen, dass wir keine Sofakissen mehr haben. Sie wurden mehrmals nachgekauft – es war zwecklos. Wir können auch ohne leben. Ohne Manu nicht.

Kaum hatten wir eine neue Couch, zog Wilbert ein. Der Kleine fraß alles und hasste es, allein zu sein. Also Chaos stiften, sobald wir ihn gemeiner Weise verließen. Wie oft wir ein Durcheinander aus Reis, Mehl, Haferflocken, Müll, usw. hatten, kann ich nicht zählen. Zwei Sofas hat er zerlegt. Man konnte ihn kaum stoppen, denn er öffnete Schranktüren, kletterte auf andere Möbel, Kartons etc, um an Dinge, die ihn reizten, heran zu kommen. Wir haben inzwischen Ketten an den Schränken. Auf niedriger Höhe steht nichts mehr. Und natürlich achten wir peinlich genau darauf, alles fortzuschaffen bzw. auch Dinge, die er als Treppe nutzen könnte, nie in die Nähe von Regalen zu stellen. Wilbert fand es sogar lange Zeit unverschämt, wenn ich oben staubsaugte (natürlich blieb er wegen des Lärms, den diese Höllenmaschine namens Staubsauger veranstaltete, unten). Ich hatte beinahe die Gewissheit, dass er Blödsinn in irgendeiner Form angestellt hatte.

Inzwischen hat Wilbert das überwunden – und Manu auch, wie eben auch ihre Vorgänger. So nervenaufreibend und ärgerlich es war, sind wir einfach froh, dass sich in diesen Zeiten keiner von ihnen verletzt hat.

Man kann sich trösten – Kali steht nicht nur für Zerstörung. Sie ist auch die Göttin der Erneuerung. Und Wohnungseinrichtungen erneuert man definitiv, wenn man einen solchen Chaoten im Hause hat.

Alle wissen alles besser

Bewegt man sich im Dschungel der Hundeszene, wird es immer wieder Stimmen geben, die alles besser wissen – auch wenn sie vielleicht nichts wissen. Ob auf Hundewiesen, Hundeplätzen, in Hundevereinen: Es werden eine Menge Leute immer besser wissen, wie man seinen Hund zu erziehen hat als man selbst. Was nicht heißen mag, dass diese Leute gut erzogene Hunde haben oder für diese Personen und Hunde die gleichen Maßstäbe gelten, mit denen sie andere messen.

Nein, man hat gefälligst auf die winzigste Gefühlsregung und Befindlichkeit ihres Vierbeiners Rücksicht zu nehmen und sich ggf. in Luft aufzulösen, damit dessen zarte Seele keinen Schaden nimmt. Selbst hat man aber hinzunehmen, dass dieser Vierbeiner distanzlos durch die Gegend walzt, mobbt, andere Tiere hetzt oder sogar verletzt. Was dann natürlich wiederum Schuld der anderen ist und niemals die des sensiblen Pflänzchens. Bei solchen Leuten hilft es fast nur, die Beine und Pfoten in die Hand zu nehmen und jeglichen Kontakt strikt zu meiden, damit es nicht irgendwann zur Eskalation kommt.

Es gibt natürlich auch Hundehalter, die harmlos sind, aber trotzdem nerven können. So wurde ich mal gefragt, da mein English Pointer logischerweise über eine gesunde Portion Jagdtrieb verfügte, ob ich mal versucht habe, ihm diesen „mit Leckerchen auszutreiben". Austreiben. Jagdtrieb. Aha. Zeigte mir, dass die Person sich niemals mit dem Wesen eines Vorsteh- und Stöberhundes beschäftigt hat. Musste sie nicht, da sie keinen hielt. Allerdings wäre es in einem solchen Fall in meinen Augen angezeigt, sich bedeckt zu halten, wenn man von etwas keine Ahnung hat.

Mein Wilbert nimmt Dinge auf, die draußen herumliegen: Leckerchen, Essensreste, Taschentücher... Alles, was nicht niet- und nagelfest ist. D. h., wir haben daran gearbeitet, trotzdem bleibt bei ihm immer ein Restrisiko. Das Restrisiko bin ich nicht gewillt, einzugehen. Daher habe ich ihm für Freilaufgebiete einen sehr leichten Edelstahlmaulkorb besorgt, der so bequem und am wenigsten hinderlich wie möglich sein sollte. Noch ein bisschen abgepolstert, fein. Wenn er ihn aufgesetzt bekommt, weiß er, gleich darf er toben und rennen. Bei einem Windhund auch nicht ganz ungewöhnlich, da es einige Exemplare gibt, die Artgenossen auch gerne mal im Spiel festhalten. Kein Beinbruch. Natürlich gibt es nette Menschen, die freundlich fragen, warum er denn einen Maulkorb trägt. Es gibt das Gegenteil – Leute, die ihm, dem superfreundlichen, bei Artgenossen völlig aggressionslosen, Kerlchen, Aggressivität und Bissigkeit unterstellen, ohne zu fragen. Und es gibt Leute, die natürlich am besten wissen, dass sie sofort geschafft hätten ihm das abzugewöhnen. Das Kurioseste war mal eine Frau, die mich fragte, wie viele Tage oder Wochen er den Maulkorb denn tragen müsse. Hm, mal überlegen – sechs Wochen, drei Tage, fünf Minuten und zehn Sekunden!

Gerade wenn Gesprächspartner unterschiedliche Hundetypen haben, sollte man sich doch ein wenig zurücknehmen bezüglich Ratschlägen , da ein Jagdhund sich nun einmal stark vom Hütehund unterscheidet, ein Herdenschutzhund sich stark von einem Schoßhund usw. Es gibt spezifische Eigenschaften, die eine Art oder Rasse hat.

Außerdem muss man natürlich noch auf den individuellen Charakter eines Hundes eingehen. Ein Patentrezept für alle gibt es nämlich nicht weder in punkto Erziehung noch Verhalten. Der eine Hund ist schüchtern und sensibel und ein lautes Wort ist schon shocking. Der andere ist ein echter Grobklotz und muss vielleicht auch mal gerempelt werden und körperlich eingegrenzt. Bestimmte Körperlichkeiten kommen hinzu. Stasky hatte z. B. rechts ein komplett kaputtes Knie. Ihn ließ ich nie links „Fuss" gehen, damit ich nicht versehentlich auf seinen Fuß trat oder in sein Knie geriet. Greyhounds können z. T. aufgrund ihres Körperbaus nicht gut „Sitz" machen. Warum kann man dann nicht ein sauberes „Platz" oder „Steh" verlangen?! Der Halter sollte es wissen – der Fremdling kann dann einfach mal den Mund halten und sich darauf verlassen, dass dieser es einfach besser weiß, auch wenn man eben nicht in seinem Biologiebuch der Realschule davon gelesen hat.

Manu grunzt manchmal während des Rennens wie ein Schweinchen. Natürlich kreischt so manch Fremder, der unser vormittägliches Stammfreilaufgebiet heimsucht „Huuuch, der knuuurrt ja!". Zum einen WÄRE Knurren ja ein Teil einer Kommunikation, also nichts Schlimmes. Aber das Grunzen ist eben KEIN Knurren. Versucht man das zu erklären, ist die 50:50-Chance, dass sich dem ein pikierter Blick anschließt „DAS klingt aber gefährlich!"

Man merkt vielleicht, dass ich nicht nur gut auf andere Hundehalter zu sprechen bin. Im Laufe der Jahre habe ich einfach zuviele Sprüche, Uneinsichtigkeit und auch Unverschämtheiten erlebt. Persönlich versuche ich meist, mich mit Urteilen und Weisheiten, gar Belehrungen, zurückzuhalten.

Manchmal kommt aber auch von mir mal ein Kontra.

Im Allgemeinen gilt, ein dickes Fell und in ein Ohr rein, aus dem anderen direkt raus. Wenn man einen schlechten Tag hat und es klappt nicht, kann man es auch nicht ändern, da man nur menschlich reagiert. Und sicherlich gibt es den ein oder anderen, mit dem ein Gedankenaustausch sich durchaus lohnt.

Lieber Leo,

mein absolutes Herzchen auf vier Pfoten. Alles an Dir war irgendwie „rund" und süß. Dein Oberkörper, Deine Augen, Dein Kopf, selbst Deine kupierte Rute wirkte irgendwie rund. Ich nannte Dich auch gern meinen Cherry-Pie oder Mon Chérie. Vom Charakter her ein typischer Pointer. Absolut friedfertig, freundlich, aggressionslos.

Du hast im Straßengraben von Badajoz/Extremadura gelegen, das Leben schon aufgegeben. Vermutlich hatte Dich Dein Jäger dort „entsorgt" als Du krank wurdest. Oder Du hattest Dich während einer Jagd verlaufen. Eine Touristin fand Dich und Du hattest das erste Mal Glück in Deinem Leben: Sie brachte Dich nach Madrid ins Tierheim ANAA. Dort wurdest Du gepflegt und akute Krankheiten geheilt. Du hast an Herzwürmern gelitten, die leider auch ein Löchlein in Deine Herzkammer gebohrt hatten. Außerdem ein Ehrlichiose-Titer, leider wurde diese zu spät behandelt, Du hattest diese chronisch. Ein kleiner Leishmaniose-Titer war auch mit von der Partie. Zu Deinem Pech wurdest Du im Tierheim gemobbt. Selbst die nettesten und freundlichsten Hunde hackten auf Dir herum und somit musstest Du soziales Schätzchen allein in einem Zwinger sitzen, zu Deinem eigenen Schutz.

Wir wollten gerne einen Pflegehund aufnehmen und fragten bei „unserem" Verein an, wer denn dringend Hilfe bräuchte. Du bist ein absoluter Notfall gewesen. Als wir sagten, wir würden Dich sehr gern in Pflege nehmen, durftest Du mit einer Sonderfahrt kommen: Eure Tierheimleiterin brachte Dich und einen Wurf

Welpen und einen kranken Galgo nach Deutschland.

Als wir Dich nachts bei einer Familie abholen konnten, die Euch in Frankfurt in Empfang genommen hatte, saßest Du eingeschüchtert im Wohnzimmer inmitten von Hunden. Ich setzte mich zu Dir, machte mich klein und versuchte, Dir anhand von Calming Signals zu erklären, dass ich Dir nicht gefährlich sei. Auch Du warst ein Angsthund. Das stand sogar in Deinem EU-Pass. „Leoni has a lot of fear". Leoni hast Du im Tierheim geheißen. Warum ich Dich Leo genannt habe? Weil ich wollte, dass Du einen starken Namen hast. Ich wusste, dass Du mit Deinen Erkrankungen noch viel zu kämpfen haben würdest. Auch Deine Angst musstest Du bekämpfen. Ich wollte, dass Du wie ein Löwe kämpfen würdest, wenn es nötig sei.

Irgendwann holte ich Stasky aus dem Auto. Er bahnte sich schnurstracks einen Gang durch das Zimmer, ging gezielt zu Dir und

Leo

leckte Dir die Schnauze! Ich war unglaublich glücklich, dass er Dich so herzlich aufnahm.

Mein Leo-Schatz, Du hast wirklich viele Ängste gehabt. An Stasky und mir hast Du sofort Orientierung gesucht – und hoffentlich auch gefunden. Angst hast Du vor schnellen Bewegungen, Stöcken, Knacken, Schüssen, Geknalle (jedes Sylvester haben wir uns gemeinsam unter einer Wolldecke eine Höhle gebaut), Rascheln von Tüten, Menschen. Jedem Hund wolltest Du Dich unterwerfen.

Irgendwie gelang es uns, Dir Selbstbewusstsein und Selbstwertgefühl zu geben. Du trautest nach und nach, zu widersprechen und Dir nicht alles gefallen zu lassen, z. B., wenn Dich ein Hund besteigen wollte.

Im Laufe der Zeit stellte sich leider raus, dass Deine Ehrlichiose chronisch blieb und Du hattest einen schlimmen Schub, an dem Du beinahe gestorben wärst. Das war ca. ein Jahr, nachdem Du bei uns eingezogen bist. Selbst hattest Du Dich aufgegeben. Als Du merktest, wie sehr ich um Dein Leben kämpfte, hast Du irgendwann mitgeholfen. Lange Wochen musste ich Dir Essen zerkleinern und Dich mit Reiben an der Kehle zum Schlucken animieren. Wasser mit

Löffel einflössen, nach draußen und wieder nach drinnen tragen. Ich habe mich zu der Zeit keine Sekunde von Dir getrennt. Es ging soweit, dass ich, als es Dir ein Wochenende sehr schlecht ging, mit Dir in die Tierklinik gezogen bin. Dort habe ich die ganze Zeit neben Dir auf einer Decke verbracht, Lesestoff, Kekse und Wasser bei mir. Stasky war bei Herrchen gut aufgehoben. Als ich Dich in der Klinik ließ, um mir kurz Sachen von zu Hause zu holen und wieder zurückkam, sah ich Dich sehr langsam, klein und schwach über den Flur schleichen. Dann hast Du mich gesehen und alle Kraft zusammengenommen und gewedelt. Ich wusste, wir müssten zusammenbleiben.

Du hast es geschafft. Einmal hattest Du dann noch einen Ehrlichiose-Schub, und den haben wir spielend besiegt. Kurioserweise wurde festgestellt, dass Dein Leishmaniose-Titer verschwand. Du warst leishmaniosefrei! Und in noch einer anderen Hinsicht warst Du ein medizinisches Wunderkind: Wir brachten Dich einmal im Jahr nach Hannover zum Kardiologen, um Dein Löchlein und Dein vergrößertes Herz untersuchen zu lassen, damit Deine Medikation ggf. geändert werden könnte. Im Laufe der ersten drei Jahre schrumpfte Dein Herz auf Normalgröße. Und das Loch ist in der gesamten Zeit, die wir mit Dir geschenkt bekamen, nie größer geworden. Dein Zustand hat sich in all den Jahren nie verschlechtert.

Du warst ein so freundlicher Hund und hast jeden Pflegehund und auch einen Tageshund mit offenen Pfoten begrüßt. Selbst Dein Futter warst Du bereit, Deinen Freunden zu überlassen, wenn ich es zugelassen hätte. Je mehr Hunde bei uns waren, umso wohler fühltest Du Dich. Als unser geliebter Stasky starb, hast Du sehr getrauert. Du hast Dich so extrem an mich gehängt, dass ich das

Haus nicht mehr ohne Dich verlassen konnte. Du verbrachtest diese Zeit, obwohl Herrchen bei Dir blieb, jammernd in Ecken und unter Tischen. Als wir dann Manu zu uns holten, das anfänglich kleine Trampel, hast Du Dich wieder gefangen.

In dem Jahr, in dem wir Stasky verloren hatten, starb auch einen Monat später die liebe Lori von meinen Eltern und dann Dein bester außer-rudeliger Freund. Es war ein echtes Horror-Jahr für Dich. Ich war froh, dass Du es überstanden hattest und nicht einen Krankheitsschub bekamst.

Wir hatten noch viele schöne Jahre zusammen. Erlebten eine Menge, Freud' und Leid. Leid und Sorgen wolltest Du immer auf Deine zarten Schülterchen stemmen, um sie mir abzunehmen. Natürlich ging das nicht und außerdem wollte ich nie, dass Du wegen mir unglücklich warst.

Allerdings warst Du auch eine Jagdsau. In keinem Wald konnten wir Dich laufen lassen. Das ging – bis Du 13 wurdest, nur auf Hundewiesen ohne Wild oder in eingezäunten Freiläufen. Leider hast Du bei jedem noch so gut eingezäunten Auslauf oder Garten eine Lücke gefunden. Es schien Dir riesigen Spaß zu machen, uns vor zu zeigen „hab' es doch geschafft!". Dann grinstest Du über Dein ganzes Gesicht. Einmal bist Du sogar im Herbst in ein stillgelegtes Freibad eingebrochen. Herrchen musste sehen, wie er über den hohen Zaun kletterte – und als Du ihn dort gesehen hast, kamst Du unter dem Zaun zu mir auf die andere Seite gekrochen und hast Dich gefreut wie ein Schneekönig!

Den Schalk im Nacken hattest Du, unglaublichen Humor. Lustig fand ich auch, dass Du es tatsächlich mit Deinem Charme schafftest, dass man Dir wirklich nie und nimmer auch nur ansatzweise böse sein konnte und dass Du es hinbekommen hattest, dass man für Dich alles getan hat und wenn einem bewusst wurde, dass Du einen manipuliert hast, war einem das so was von egal. Ich erinnere mich, dass Du einen Pflege-Galgo, der ja viel größer war als Du, angelernt hast, Lebensmittel zu stehlen und sie Dir zu überlassen. Es war einfach eine Meisterleistung!

Wobei Du mir auch so manche Stunde beschert hast, in der ich mir wirklich Sorgen gemacht habe. Abgesehen von Deinen Erkrankungen war es einfach die Hölle, wenn Du doch mal geschafft hast, auf Jagd zu gehen. Du hast ja „nur" in großen Kreisen gestöbert, aber i. d. R. waren sie so erfolgreich, dass man ein bis zwei Rehe vorbeilaufen sah und dann kamst Du ein paar Minuten später zurück. Du hast es nie übertrieben, maximal sieben Minuten warst

Du verschwunden – und Beute machen war ja weder Deine Aufgabe noch hast Du das je versucht. Du liebtest einfach die Bewegung und die Jagd. Trotzdem war mir immer das Hemd am Flattern...Eine Nacht hast Du mich im Traum mitgenommen auf Jagd. Du hast im Schlaf Jagdgeräusche gemacht und ich fiel von Halbschlaf in aktiv träumenden Schlaf. Dort sah ich wie durch Deine Augen die Jagd. Es machte riesigen Spaß, das Adrenalin stieg, das Rennen – es war toll! Ich konnte Dich natürlich von da an von Herzen verstehen, aber musste trotzdem immer versuchen, zu vermeiden, dass Du jagen gingst.

Leider nahmen die schönen Jahre auch einmal ein Ende... Eine Hündin stürzte sich auf Dich und schüttelte Dich genau am Halswirbel, wo leider schon einmal ein Bandscheibenvorfall gewesen ist. Danach warst Du gelähmt. Wegen Deiner puren

Lebenslust haben wir versucht, ob Du Dich an einen Rollwagen gewöhnen würdest. Und siehe da – Du nahmst ihn ganz selbstverständlich an. Als wolltest Du sagen „prima, ich kann mich wieder bewegen". Von da an folgte eine Zeit, in der wir Dich pflegten und versuchten, Dir den Rest Deiner Zeit – denn das war leider abzusehen – so schön wie möglich zu machen. Im Rollwagen nahmst Du geschickt Kontakt zu Menschen auf. Du gabst keine Ruhe, bis Du beachtet wurdest. Wir mussten Deine Geschichte –zig Mal erzählen. Zeitdruck? Kannten wir nicht mehr. Denn manchmal brauchten wir vor lauter Quatscherei für ein paar Meterchen eine halbe Stunde. Beachteten Dich die Menschen nicht von selbst, gabst Du eben Laute von Dir, die ihnen erklärten, dass sie Dich zu beachten hätten. Wir beide entwickelten eine ganz eigene Kommunikation, um Deine Wünsche zu erfüllen. Ich weiß z. B., dass ich mit Dir in

Deiner Laufhilfe tatsächlich hinter einer läufigen Hündin hermarschieren musste. Das hätte ich mir ja nie träumen lassen. Manu grub Dir schöne Liegekuhlen im Garten. Auf der Hundewiese brachten Dir viele Menschen gute Leckereien mit, damit Du so richtig verwöhnt wurdest. Irgendwann wurden Deine Rolli-Eskapaden weniger, Du ranntest nicht mehr auf Wassergräben zu, stürztest Dich nicht mehr mit voller Wucht in Teiche, konntest mich nicht mehr abhängen. Dein Zustand verschlechterte sich. Trotzdem hattest Du Lebensfreude. Solange Du wolltest und schmerzfrei warst, solltest Du bleiben. Du solltest Dich in Deinem Tempo von Deiner geliebten Welt verabschieden können. Manchmal saßen wir nur gemeinsam auf einer Wiese auf einer Decke und beobachteten die Welt. Du wirktest glücklicher als so mancher gesunde Hund.

Nur kam leider irgendwann der Tag, an dem Du mir sagtest, Du wolltest die Welt verlassen. Und das durftest Du dann auch. Ich hatte Dir immer gesagt, Du solltest mir das ohne Rücksicht klar machen, wenn Du gehen wolltest, so weh es täte, ich käme damit klar. Als wir uns verabschiedeten, riss es mir fast das Herz raus. Aber ich weiß, irgendwo da bist Du noch immer und siehst schmunzelnd zu, wie uns Dein Nachfolger, Wilbert, auf der Nase herumtanzt. Ich glaube immer, da hattest Du die Pfoten im Spiel. Einen unauffälligen, bereits erwachsenen, vernünftigen Mini-Hund wollte ich haben. Du schicktest mir einen Windhund-Welpen. Jeder bekommt den Hund, den er braucht...

Übrigens – Deinen Vermittlungstext schrieb ich damals extra sehr negativ, weil ich Dich nie hergeben wollte. Aber einen Monat nach Deinem Einzug haben wir ja auch die Adoptionspapiere angefordert...

Pflegestelle, Pflegehunde...

Auch wir sind es gewesen. Pflegestelle. Eine sinnvolle Aufgabe, um Tieren zu helfen.

Zur Info: Pflegestellen sind Menschen, die Tiere auf Zeit in ihre Familien aufnehmen und ihnen helfen, sich zu integrieren, zu gesunden, um letztlich ihre eigene Familie, ihre Forever-Menschen, zu finden.

Das ist oft hart und manchmal sogar eine undankbare Aufgabe. Man bekommt einen Hund, der meist noch nie in einer Familie gelebt hat oder der vielleicht eine Erkrankung oder Behinderung vorzuweisen hat. Man liebt dieses Tier und pflegt es, nimmt es als eins der eigenen Familienmitglieder an. Aber es ist nun mal zur Vermittlung vorgesehen, und wenn es irgendwann auszieht, hinterlässt es eine sehr große, schmerzhafte Lücke im Herzen.

Natürlich gibt es die Option, den jeweiligen Hund zu behalten. In der Regel soll er aber Platz für den nächsten Notfall machen, wenn er in eine tolle Familie zieht. Es gehört eine Menge Idealismus dazu.

Ich bin ehrlich – meine Gefühlswelt wurde von zwei Pflegis stark erschüttert und aus den Angeln gehoben. Der eine kam sehr gut unter, aber ich dachte, ich könnte nie wieder einen Welpen lieben. Bis Wilbert kam. So sehr ich früher gemauert habe bezüglich Welpen, dieser kleine Mann hat es in Minuten geschafft, diese Mauer komplett einzureißen. Chaos in mir. Ich war überwältigt.
Der andere ist leider unter sehr tragischen Umständen gestorben und mir ist im Nachhinein klar, dass ich ihn nie hätte hergeben sollen. Das ist etwas, das ich bitter

bereue. Leider habe ich die Nachgeschichte erst zu spät erfahren, bis dahin wähnte ich ihn gut untergebracht. Ich ging davon aus, er habe es besser als bei uns. Ein fataler Fehler. Dem Pflegi brachte er den Tod, mir brach er ein Stück Herz raus.

Allerdings muss man auch bedenken, dass es sehr gute und glückliche Vermittlungen gibt. Andernfalls würde der Pflegestellenjob ja keinen Sinn machen. Normalerweise wählen die Vereine und die Pflegestellen gemeinsam die beste Option für den Hund aus. Liebevoll wird geprüft, wo der Hund wohnt, die zukünftigen Menschen kennengelernt. Zu manchen wird nach der Vermittlung Kontakt gehalten, bei anderen schläft er ein. Das sind Erfolgserlebnisse, für die die Pflegestellen leben. Und daher kann ich nur raten, diesen erfüllenden Job zu übernehmen, wenn man die Möglichkeit und das Engagement hat. Man legt den Grundstock für ein ganzes glückliches Leben für diese Wesen und hat somit eine Riesen-Verantwortung übernommen.

Ein weiteres Paar Schuhe sind Dauerpflegehunde. Diese sind entweder sehr alt, sehr krank oder so traumatisiert, dass an eine Vermittlung nicht zu denken ist. Man muss sich darüber im Klaren sein, dass man ein zusätzliches Für-Immer-Familienmitglied bekommen hat. Ein Familienmitglied, das nicht ganz einfach ist. Ein Familienmitglied, das nicht das Herz schwer macht, indem es auszieht, sondern indem es irgendwann stirbt. Das ist ebenfalls eine extrem wichtige Aufgabe. So viele Tiere sind froh, ihre letzten Monate oder Wochen in einem liebevollen Zuhause verbringen zu dürfen und mit Liebe bepackt über di e Regenbrücke zu gehen.
Wie schon erwähnt gibt es aber eine Krankheit, die unheilbar ist. Das Pflegestellenfieber. Wir sind oft genug

befallen worden und drei Pfleglinge für immer geblieben: Stasky, Leo und Manu. Das waren goldrichtige Entscheidungen, die wir niemals bereut haben. Hier kann ich nur schreiben: Wenn man befallen ist, genießen und das geliebte Tier behalten! Manchmal passt es einfach.

Auch hier kann ich einige lustige Anekdoten zum Besten geben. Als Leo frisch adoptiert war, zog ein Pflege-Galgo zu uns. Ein wunderbares sonniges und liebes Kerlchen. Genau wie Leo. Beide von Grund auf gutmütig. Mit Stasky und Leo ergänzte er sich einfach super. Sie waren ein echtes Team. Eines Tages saß ich am Computer in der oberen Etage, Stasky neben mir. Für Herrchen Michael hatten wir ein vor gekochtes Mittagessen, das nur noch aufgetaut werden musste, aus dem Tiefkühlschrank geholt. Irgendwann ging ich nach unten, um mir noch Tee zu holen. Wo war das Essen? Verschwunden. Komisch. Hatte ich wohl doch nicht rausgeholt. Also ein weiteres (?) rausgelegt. Wieder ab nach oben, weiter arbeiten. Nächste Tasse Tee. Mittagessen verschwunden. Spinne ich denn? Ein neues rausgelegt. Nächste Tasse Tee, oben weiterarbeiten. Aber: Habe ich wirklich Halluzinationen? Mit Stasky durch einen Blick verständigt, die Treppe nach unten geschlichen. Da standen die beiden Tunichtgute, der große Windhund holte die Tupper-Schüssel mit dem Essen, er und Leo teilten es sich brüderlich! Die anderen Tupper-Schüsseln fand ich übrigens fein säuberlich versteckt unter unseren Schränken. Leer natürlich.

Eine weitere Begebenheit mit den dreien, über die mein Mann nicht lachen konnte, war eine Suchübung. Stasky zeigte Leo, wie man Frauchen sucht. Leo durfte es dann auch üben. Er und unser Pflegi hingen also bei Herrchen an den Schnürchen. Ich versteckte mich im Wald, rief Leo. Unser Pflegi liebte mich allerdings auch heiß und innig und daher wickelten beide meinen Mann in ihre Leinen ein, er stürzte zu Boden und sie zogen ihn wie in einem Cowboyfilm ein Stück hinter sich her, bis ich auf seine Hilferufe herbei eilte. Meiner Meinung war das wirklich zum Schießen!

Manchmal ist es natürlich ein Wagnis, Pflegehunde aufzunehmen. Ich weiß allerdings, sanfte Nasen wie Pointer-(Mixe), Windhund-(Mixe), Podencos etc. kann ich prima bei uns aufnehmen, man kann sie ja fast stapeln. Es gibt kaum Konfliktpotential. Sie sind es auch gewohnt, im Rudel zu leben und beherrschen untereinander die feinste Diplomatie.

Wesentlich mehr Probleme hatte ich mit einem Labrador-Münsterländer-Mix, der bei uns landete, weil er der Halterin entzogen worden war und sie ihre beiden Hunde bei uns „geparkt" hatte, aber sie auch nie wieder abholte. Beide mussten zum Verhaltenstest und bei dem Rüden musste ich strikte Regeln einhalten. Trotz aller Vorsicht wurde mein Stasky einmal sehr schlimm gebissen und musste zum Notarzt. Hier hatte ich leider keinen Verein im Rücken, der als Back up oder auch beratend hätte beistehen können. Zum Glück ist dieser Hund super durch den Test gekommen und – man höre und staune – ich wagte eine Vermittlung zwar in Anfängerhände, aber in solche, die unglaublich engagiert waren, hier in der Nähe lebten und sich sofort in den Rüden verliebt hatten. Ein Risiko zwar, aber eins, dass es wirklich wert gewesen war. Auch die Hündin bestand ihren Verhaltenstest mit erhobenen Daumen und lebte fortan problemlos in einer Familie mit zwei Teenagern.

Es gibt Schattenseiten für Pflegestellen, aber auch ganz viel Sonne.

Hunde, Menschen und der 7. Sinn, Tierkommunikation usw.

Viele sind davon überzeugt, dass Hunde den 7. Sinn besitzen, einige sind auch bei Menschen davon überzeugt. All das wird mal parawissenschaftlich geprüft, bestätigt, wieder verworfen... Es gibt Gläubige, Ungläubige und Skeptiker.

Ich persönlich bin davon überzeugt, dass es unter Weggefährten mit starker Bindung durchaus eine telepathische Kommunikation gibt, unabhängig von menschlicher oder tierischer Natur. Da ich keine Wissenschaftlerin bin, kann ich nur einige Beispiele berichten, die mögen den einen den Kopf schütteln lassen, den anderen bestätigen sie vielleicht.

Mein geliebter verstorbener Leo wurde, laut Aussage meines Mannes, grundsätzlich 20 Minuten bevor ich zu Hause ankam, unruhig und legte sich erwartungsvoll in unseren Eingang. Man stelle sich vor: 20 Minuten. Das bedeutet, dass ich noch in der Innenstadt war, im Real- oder Aldi-Markt an der Kasse stand... Man kann es also nicht darauf schieben „er hörte das Motorengeräusch". Bei Leo konnte ich mir auch sicher sein, sobald er vermehrt an mir schnüffelte und eine traurige Haltung einnahm, dass ein Colitis ulcerosa-Schub kommen würde. Nicht ganz ungewöhnlich, denn es gibt ja Hunde, die Krebs, Diabetes und alles mögliche erschnüffeln können. Leo war nun einmal ein Pointer...Hohe Sensibilität, gute Nase.

Weitere starke Bindungen bestanden auch bei Stasky und nun bei Wilbert. Ob es lautloses S. O. S.-Funken war, wenn einer von beiden ein

Problem hatte und ich gerade nicht vor Ort. Bei Wilbert sah ich – das ist nur ein Beispiel – als er noch nicht lange bei uns war, wie er Glas futterte vor meinem geistigen Auge. Absolut seltsam. Er räumte, als ich panisch nach unten stürzte (ich war in der oberen Etage), gerade den Mülleimer aus und in ihm lag ein kaputtes Glas. (Mülleimer sind seitdem bei uns hinter verschlossenen Türen.) Als er Welpe bzw. neugieriger Junghund war, kamen häufig ähnliche Situationen vor, nicht so gefährliche natürlich. Man würde an manche Dinge nicht denken, doch sie kamen vor mein geistiges Auge und die „Rettung" kam, weil ich auf mein Bauchgefühl hörte.

Sowohl bei Stasky als auch bei Wilbert muss ich erwähnen, dass beide auf Menschen reagier(t)en, die mir unsympathisch waren/sind. Ich muss mich wirklich sehr unter Kontrolle halten, da einfach ein

Streifzug eines Gedanken ausreicht. Alles Einbildung? Nein. Denke ich nicht. Auch nehme ich nicht, weil ich denke „wie unsympathisch" eine panische, unentspannte oder sonstige Haltung ein. Ich meine, wir ticken da einfach ähnlich und verständigen uns lautlos in Gedanken.

Als Leo eingeschläfert wurde, boten mir Freunde an, dass sie mit Manu zur Hundewiese gingen. Ganz außergewöhnlich war das nicht. In gesundem Zustand war Leo dabei (hatte ich einen Arzttermin oder so etwas), in der Zeit seiner Krankheit war er es nicht. Dann nahmen sie ihn schon mal mit, wenn wir zum Notarzt mussten mit Leo. Manu kennt sie und mag auch ihre Hunde, war also mit guten Freunden unterwegs. Manu legte sich ihnen zufolge an dem Tag auf eine Wiese und bewegte sich kein Stück. In der Situation war er wie ein Stein. Er wollte einfach nicht gehen. Warum? Ich gehe davon aus, dass er wusste, dass Leo sterben würde.

Um bei dem traurigen Thema noch zu verweilen – sowohl Barras als auch Stasky und Leo waren sehr krank, bevor sie starben. Sie waren alle drei schmerzfrei, dafür haben wir immer gesorgt. Ich bat sie, mir mitzuteilen, wann sie gehen wollten, wenn sie bereit waren und mir dummen Frauchen ganz eindeutige Zeichen zu geben, denn ich sagte ihnen, sie sollten auf mich keine Rücksicht nehmen. Ich käme irgendwie klar. Und sie alle gaben mir eindeutige Zeichen. Man konnte es nicht missdeuten, als dann der Tag kam, an dem sie ihre letzte Spritze bekamen.

Auch als unser lieber Stasky eingeschläfert wurde, geschah 150 km weiter in Essen bei meinen Eltern etwas: ihre Hündin Lori heulte wie ein Wolf. Einen Monat später starb sie ebenfalls an Leberkrebs – genau wie Stasky...

Zum Thema Krankheit noch etwas Positives. Leo war herzkrank, hatte (da er leider zu spät von der Straße in Behandlung gekommen war) eine chronische Ehrlichiose und einen Leishmaniose-Titer (dazu mehr in seiner Geschichte, unser medizinisches Wunderkind). Er bekam einen sehr schlimmen Ehrlichiose-Schub. Er konnte nicht mehr laufen, Essen musste ich ihm in die Schnauze schieben und die Kehle zum Schlucken massieren, Wasser löffelchenweise eingeben. Er war noch nicht sehr lange bei uns und gab sich selbst auf. Ich kämpfte wie eine Löwin um sein Leben. Leo stellte fest, dass ich es ernst meinte und ihn nicht aufgeben würde – und von da an kämpfte er selbst mit. Er bekam irgendwann ca. ein Jahr später einen zweiten Schub – und den schafften wir gemeinsam spielend!

Zu Denken gibt auch – als Manu aus Spanien nach Köln kam, um im Garten der 1. Vorsitzenden des TSV zu warten, dass er von seiner Forever-Family abgeholt werden sollte, am Tor saß; Manu begrüßte Leo und mich selbstverständlich und folgte uns von da an.

Ich denke, die Fähigkeiten zur Telepathie sind uns allen gegeben, wir haben sie nur verlernt, sie wurden uns ausgeredet und sie haben sich zurückentwickelt. Wer etwas einfühlsam ist und offen, sich auf Außergewöhnliches einlässt, findet m. M. n. schnell wieder hinein. Tatsache ist ja, dass sich „Naturvölker" durchaus so verständigen. (Sofern sie nicht in Reservate gesperrt und Drogen und/oder Alkohol verfallen sind durch den Frust der Perspektivlosigkeit und der Verdammnis zu einem für sie unnatürlichen Leben.)

Hunde und andere Tiere

Das ist ein interessantes Thema. Es gibt viele Tiere, die für Hunde ins Beuteschema passen. Andere, die vielleicht jagdbar sind, können Hunden allerdings auch gefährlich werden. Wildschweine z. B.
Rabenvögel gehen mit Wölfen Symbiosen ein, wie wir von bekannten Canidenforschern wissen, und auf Hundewiesen halten sich sehr gern Krähen und Elstern, die ja auch zu den Rabenvögeln gehören, auf. Eine gewisse Art von Symbiose ist das auch, denn wo Hunde sind, fliegen Hunde-Leckerchen durch die Gegend, die versehentlich auf den Boden fallen. Und oft sind Hundehalter tierliebe Personen, die auch mal was Leckeres speziell für die Vögel mitbringen.

Hunde wachsen oftmals mit anderen Tieren auf – Tieren, die normal im Haushalt leben:

Nagetieren, Katzen, Vögeln. Auf Bauernhöfen oder Gestüten gibt es natürlich noch ganz andere Möglichkeiten, Tiere zu erleben.

Manu hat ein gespaltenes Verhältnis zu anderen Tierarten. Normalerweise stören sie ihn nicht. Er hat sie, obwohl er ein Jagdhund ist, auch nie wirklich gejagt – außer eben gebuddelt, ein bisschen in Laub gestöbert. Beim Stöbern und Buddeln hatte er das Pech, sich den ein oder anderen Biss einer vorwitzigen Maus einzufangen, in deren Wohnung er wohl eingedrungen war mit seiner neugierigen Nase.
Von frechen Krähen wurde er schon angeflogen, die ihm ins Hinterteil zwickten.
Das für einen Jagdhund peinlichste Erlebnis hatte er dann leider, als er im Wald an einem Reitweg stand. Dort schnüffelte er am Rand eines Gebüschs. Er war der einzige der drei Hunde, der laufen durfte, weil er eben nicht, wie erwähnt, sonderlich

jagdinteressiert ist. Als ich ein Reh näher kommen sah, rief ich Manu dann trotzdem lieber zu mir. Er drehte sich auch sofort zu mir und kam auf mich zu – bis ich ihn durch die Luft wirbeln sah! Das Reh hatte Anlauf genommen und ihn in die Luft geworfen! Er lag hilflos auf dem Boden und das Reh rammte immer wieder seinen Kopf auf ihn. Zum Glück hatte es kein Geweih! Ich lief mit ausgebreiteten Armen auf das Reh zu und schrie es mehrfach an. Es ließ dann von Manu ab, der so in sein Geschirr verknotet war, dass er sich überhaupt nicht mehr bewegen konnte. Vorsichtig packte ich ihn aus, befühlte ihn nach eventuellen Brüchen. Zum Glück nichts. Wir gingen dann zurück nach Hause, Manu humpelte niedergedrückt nebenher. Er war tatsächlich mit ein paar blauen Flecken davongekommen. Man sieht, dass die Fauna nicht unbedingt Manus Bild von einer heilen Welt entspricht. Er hält sich lieber fern von artfremden Wesen. Allerdings klappt das nun selten, was er aber ignoriert, für ihn gilt „sehe ich Dich nicht, siehst Du mich nicht".

Ein großer Fan von Zoos bin ich nicht. Allerdings ist es auch eine gute Gelegenheit, dass man seinen Hund ein wenig sensibilisieren kann. Daher nutze ich auch diese von Zeit zu Zeit. In unserem städtischen Tierpark, in dem ausschließlich einheimische Tierarten beherbergt sind, bin ich ab und zu mit unseren Hunden zu Gast. Die Tiere sind Hunde und Trubel einfach gewöhnt und für unsere Jungs ist es einfach nicht schlecht, andere Tiere aus der Nähe zu sehen und sie als normal zu betrachten. Gut, DIE Jagdsau wird niemals seine Passion aufgeben. Aber sie lernen doch, gesittet vorbeizugehen, ihre Triebe ein wenig mehr zu kontrollieren und nicht wie die Verrückten in den Leinen zu stehen, wenn man unterwegs ein Reh sieht.

Mit Leo und Manu waren wir dann auch tatsächlich im Zoo, als sich das ergab. Leo fand alles sehr spannend, nahm die Düfte begeistert auf. Manu dagegen fand See-Löwen äußerst interessant, die er staunend betrachtete, wie sie über und unter Wasser miteinander spielten und machte Andeutungen, dass er so gerne mittoben würde. Ebenso begeistert versackte er am Otter-Gehege. Auch an Erdmännchen fand er großen Gefallen — diese hatten nämlich eine tolle Wärmelampe und wir hatten alle Mühe, mit Manu weiterzugehen. Am liebsten hätte er sich in das Rudel mit hineingelegt.

Es ist immer wieder interessant, Hunde in Interaktion mit anderen Tierarten zu erleben. Leo, auf der einen Seite großer Jäger, aber auf der anderen ein unglaubliches Seelchen. Als er einmal zu einer großen Katze/einem Kater (?) lief, bekam er einen Riesen-Schreck, dass diese(r) ihn anfauchte. Er wich vorsichtig zurück und gab dann irgendwann Hackengas!

Als wir mit meinen Eltern in Süd Tirol urlaubten und dort eine Wanderung unternahmen, kamen wir auf dem Rückweg über eine Kuhweide. Das ist dort einfach üblich, dass der ein oder andere Wanderweg nun mal über eine führt. Tut keiner dem anderen was, man muss eben Verantwortung übernehmen, wenn man selbst einen Vierbeiner mit sich führt. Lori, die Hündin meiner Eltern, hatte eine furchtbare Angst vor den Kühen mit ihren dunkel klingenden Glocken. Barras bellte die Kühe empört an, entsetzt darüber, dass sich seine aaarme Freundin sooo fürchtete. Wir riefen ihn zur Ordnung – bis die Bäuerin kam und uns sagte, sie wolle die Kühe zum Hof in den Stall treiben. Es wäre sehr nett, wenn wir unseren Hund weiterbellen lassen würden. Ob wir ins Tal gingen? Dann könnte er hinterherlaufen, die Kühe würden sich dann eher beeilen und sie selbst hätte es einfacher und wäre schneller am Stall und zu Hause. Also hatte Barras eine ihn mit Stolz erfüllende Aufgabe auf seine alten Tage bekommen.

Barras haben wir auch problemlos mit Meerschweinchen, Kaninchen und einer Maus zusammen gehalten. Er fand besonders die schwarzen Tiere darunter toll und leckte sie oft zärtlich ab.

Leider gerieten wir mit dem Trio Barras/Stasky/Lori auch in eine dumme Lage. Wie erwähnt, ist es ja durchaus üblich, dass Wanderwege durch Weiden und Koppeln führen. So auch einmal durch ein Truthahngehege. Leider bellte einer von den dreien einen von den großen Vögeln an. Und wir mussten regelrecht um unser Leben laufen! Diese Tiere sind groß und schnell! Zum Glück waren wir noch schneller. Aber unbedingt erleben möchte ich das nicht noch mal.

Ein großes Potential bietet der Teich auf der Hundewiese. Dort ist Wilbert, wenn niemand zum Spielen auftaucht, gern damit beschäftigt, die Reiher und die Wasserhühnchen zu belauern. Da kann er dann stehen, kommt sich vor wie ein Jäger, rennt dann schon mal um den Teich und findet es unglaublich spannend, wenn sie oder die Enten zu einem anderen Teich fliegen. Unter den Fliegenden rennt er auch gern her. Besonders entzückt war Wilbert, als am Teich Kröten durch die Gegend wanderten. Wie sie herumhüpften faszinierte ihn so, dass er immer wieder hinter ihnen herlief und sie beobachtete. Das einzige, woran ich ihn hindern musste, war, vor lauter Spieldrang mit der Pfote auf sie zu klappsen.

Große Huftiere musste Wilbert erst kennenlernen und in meinen Arm gekuschelt, genau beobachten. So etwas hatte er schließlich noch nie gesehen, als er hinter Gitterstäben saß. Aber auch diese haben wir gemeinsam erforscht und gelernt, dass sie keine kleinen Hunde fressen! Im Sommer war Wilbert schon so weit, dass er auf Anspielversuche eines Kalbes einging, an dessen Wiese wir öfter vorbeikommen. Die beiden Jungtiere waren voneinander entzückt, allerdings trennte sie natürlich der Zaun.

Es ist einfach eine wunderschöne Welt, durch die man mit offenen Augen gehen sollte. Wichtig ist, dass man immer vor Tieren Respekt hat und das auch seinem eigenen Vierbeiner beibringt.

Urlaub mit Hunden

Noch häufig gehen viele Menschen – auch Hundehalter – davon aus, mit Hunden könne man nicht in den Urlaub fahren, mit mehreren Hunden könne man nicht in den Urlaub fahren, mit größeren Hunden könne man nicht in den Urlaub fahren, und und und...

Hier möchte ich klarstellen: Man kann es!

Es ist natürlich völlig in Ordnung, wenn man seinen Hund in gute Hände gibt, solange man auf Reisen ist. Z. B. zu lieben Freunden, denen man vertraut; manche geben ihn innerhalb der Familie zu einer guten Stelle oder eben in eine gut geführte Pension (bitte kontrollieren und Probe schlafen). Sie würden das Buch nicht lesen, wenn Sie auf solche Gedanken kämen, trotzdem gehört es für mich immer formell hinein: aussetzen oder Abgabe stellt keine Option dar!

Natürlich ist es nicht möglich, den Hund an jeden beliebigen Urlaubsort mitzunehmen, aber es ist auch nicht schwer, Urlaub mit Hund(en) zu planen. Es gilt auf jeden Fall, sich über die jeweiligen Einreisebestimmungen des Ziellandes zu informieren. Hier gibt es vielfältige Möglichkeiten: Ihr Haus-Tierarzt hilft sicherlich gerne weiter; das Veterinäramt ist meist auch informiert; die Botschaft des Landes können Sie ebenfalls anschreiben. Wenn Sie das erfolgreich erledigt haben, sollten Sie sich überlegen, wie Sie reisen möchten. Per Auto ist i. d. R. das Angenehmste für den Hund. Sicherlich ist auch eine Möglichkeit, mit dem Flugzeug zu reisen. Ich selbst bin mit Hunden nicht gerade Fan von der Möglichkeit, es sei denn, man hat Minis, die man noch in den

Passagierraum mitnehmen darf. Auch Schiffe nehmen u. U. Hunde mit, aber auch dort sind sie getrennt von den geliebten Menschen untergebracht. Ein Sonderfall: Es gibt Kreuzfahrtschiffe, die sich auf Hundehalter spezialisiert haben.

Fahren Sie mit dem Auto und Ihrem Hund/Ihren Hunden, lassen sich auch sehr schöne Reisen unternehmen. Ob ans Meer oder in die Berge – man hat einfach eine Menge Spaß miteinander! Auch mit vielen Hunden ist es möglich. Z. B. kannte ich Leute, die regelmäßig mit 6-10 Hunden verreist sind. Natürlich muss man vorher unbedingt anfragen, ob eine Unterkunft Hunde erlaubt. Es gibt inzwischen aber auch Hotels, die Hunde und ihre Halter als neues Klientel entdeckt haben. Man darf nicht vergessen, dass an unseren Vierbeinern ein ganzer Wirtschaftszweig hängt!

Wer unabhängiger sein möchte, kann eine hundefreundliche Ferienwohnung oder ein Ferienhaus buchen. Auch hier gibt es durchaus spezielle Angebote. In Hundeforen oder Hundegruppen kann man sich z. B. kundig machen, denn es bieten durchaus Hundemenschen welche an. Man bedenke, dass Menschen, die mehrere Hunde halten, vielleicht nicht unbedingt immer nur zu den Millionären gehören (wobei viele wirklich reiche Personen – Promis z. B. – begeistert Hunde halten). Aber sie sind oft genug wohlhabend/gut verdienend, da sie ihre Hunde andernfalls gar nicht ernähren könnten. Eine Ferienwohnung oder ein Ferienhaus ist eine gute Kapitalanlage und bietet zudem, sofern es an einem anderen Ort ist als der Wohnort, die Option, selbst immer einen angenehmen Urlaub zu verbringen.

Wir hatten bisher keine Probleme damit. Zugegeben, viele Jahre hatten meine Eltern ein herrlich gelegenes Holzhäuschen im Grünen, umgeben von einer ganzen Menge Wald, in der Nähe herrliche Gassi-Möglichkeiten, Wellness-Oasen und die Möglichkeit, Sport zu treiben. Aber auch andernorts waren wir immer mit unseren Hunden willkommen. Unsere Hunde benehmen sich zivilisiert und wir sind auch immer bemüht gewesen, hauptsächlich positiv aufzufallen. Ob in Hotels oder Ferienhäusern – wir haben uns immer wohl gefühlt, waren beliebte Gäste. Unsere Hunde hatten Spaß, wo sie sich auch befanden. Sie lernten die Berge und das Meer kennen und haben beides geliebt.

Am Urlaubsort haben wir die Unternehmungen folgendermaßen aufgeteilt – ein Frühmorgen-Gang, danach ein ausgedehntes Frühstück. Anschließend wurde eine Gegend zu Fuß erkundet und die Hunde konnten toben und laufen. Danach eine Ruhepause für alle und nachmittags etwas Kultur (in viele Stätten dürfen Hunde ja mit hinein), verbunden mit einem Spaziergang. Unsere Hunde haben u. a. Legoland besucht, Wildparks und Aqua-Zoos, Museen, altertümlich nachgebildete Städte, hübsche Altstädte, botanische Gärten (zur Begeisterung meiner Duft-Liebhaber) – die Liste ist schier endlos. Leider haben wir es noch nicht geschafft, eine Bootsfahrt zu buchen. Manu kletterte in Dänemark begeistert in jedes in Häfen gelegen Boot. Daher beschlossen wir, eine Fahrt zu buchen. Leider war am Tag der Tour Sturm und sie wurde natürlich vernünftigerweise abgesagt. Zugegeben: Essen gehen kommt manchmal etwas kurz, je nachdem, in welches Land man fährt. Damit konnten wir bisher immer gut leben.

Zweimal haben wir unsere Hunde in den guten Händen meiner Eltern gelassen. Sie wurden verwöhnt und gehätschelt, während wir in fernere Länder geflogen sind. Ich muss gestehen, dass ich wohl das größte Problem war. Mindestens einmal täglich habe ich angerufen, ins Telefon gesäuselt, bin jedem anderen Hund hinterher gelaufen und habe mir wahnsinnig viele Gedanken über Souvenirs für die Bengel gemacht. Sogar geträumt habe ich von ihnen. Siehe da – wir haben die Zeit alle überlebt! Aber ich muss gestehen: ich bin nicht der Typ, der nur mit der halben Familie reist und glücklich ist.

Ernste Sorgen machte ich mir, als wir nach Marokko flogen – es war ausgerechnet 9/11 2001. Während wir uns in der Luft befanden, fand der Angriff auf das World Trade Center und das Pentagon statt. Als wir uns nach der Landung in Agadir meldeten, waren meine Eltern abgrundtief besorgt. Natürlich ging es uns gut. Nur bekamen wir während des Aufenthaltes seltsame Informationen von den Einheimischen bzw. einigen französischsprachigen Nachrichtensendern. Nämlich, dass es in Europa und den USA zu Lebensmittelknappheiten gekommen sei, die Menschen hungerten. Wir riefen natürlich häufig an und meine Eltern waren fassungslos, als wir, zutiefst erschüttert, Care-Pakete senden wollten und Vorräte in den zwei Wochen einkaufen. Das klingt lächerlich, aber man muss sich einfach mal in unsere Situation hinein denken.

Sollte etwas schief gehen mit dem Hund am Urlaubsort — bewahren Sie die Ruhe und betreiben Sie Schadensbegrenzung! Einmal waren mein Vater und ich mit drei Hunden in Süd Tirol/Italien, in einem Hotel, in das wir 25 Jahre oder mehr, regelmäßig einmal jährlich fuhren. Leider fanden die Hunde am nahen Fluss einen vergammelten Fisch und bevor wir sie erreichten und daran hindern konnten, hatten sie sich die Köstlichkeit geteilt. Natürlich waren Durchfall und Übelkeit die Folge. Selbstverständlich sind wir für die Schäden aufgekommen. Es wäre für uns undenkbar gewesen, das nicht zu tun.

Wenn Sie gern reisen, aber Ihren Vierbeiner nicht verlassen möchten, nur Mut und gute Erholung!

Lieber Stasky,

als Du damals zu uns kamst, war es ein aufregender Tag; Barras und ich trippelten aufgeregt hin und her, teilten mit anderen (Pflege-)Familien Heissgetränke. Wir standen bei Schnee- und Eisregen in Schwerte und sollten Dich aus dem Tierheim Segovia in Empfang nehmen. Gemeldet hatten wir uns über einen Windhund-Schutz-Verein, der verzweifelt eine Pflegestelle für Dich suchte. Auf dem Bild verliebte ich mich gleich in den tollen Hund mit den wunderschönen Augen. Du hast trotz Deiner Wunden hoffnungsvoll in die Kamera geschaut. Obwohl Dir die Menschen sehr schlimm mitgespielt hatten und obwohl Dich die anderen Hunde mobbten und Dich sogar versuchten zu töten. Deine Angst war so groß, dass Du Dich in der Erde im Freilauf eingegraben hattest, statt diese kurze Freizeit in Deinem Leben zu genießen. Hinterher wurdest Du in einen

Lehmzwinger mit Deinem einzigen Freund, der versuchte, Dich zu schützen, gesetzt.

Dann kam der Transporter an. Verängstigte, aufgeregte, bellende Hunde wurden ihren Menschen übergeben. Du sagtest keinen Ton. Ich nahm Dich in Empfang – ein zitterndes Bündel Fell und Knochen, riesige Augen. Auf der Rückfahrt durch Schneeregen hast Du die ganze Zeit gestanden und panisch unter Dich gepieselt.

Dein Zustand – ein Schock. Dein Bein steif, blutende Wunden, braunes (dabei warst Du ja schwarz), schmutziges Fell, klapperdürr, krank... Es gab Menschen, die Dir keine Chance gaben. Aber da war dieser Lebenswillen in Deinen Augen und wir wollten alles für Dich tun. Du bist von Anfang an hinter mir hergelaufen, hast mich immer an die Szene in "Ein Schweinchen namens Babe" erinnert, in der es hilflos quiekt: "Darf ich Mama zu Dir sagen?" Seltsamerweise – und zum Glück – hast Du sofort Vertrauen zu mir gefasst.

Deine Seele war ebenfalls sehr verletzt durch Deine Misshandlungen. Du hattest schwere Brandwunden. Ob Du gezielt angezündet wurdest oder, wie bei unerwünschten Jagd- und Windhunden in Spanien leider nicht unüblich, ans Auto gebunden und als Du nicht mehr konntest, einfach hinterher geschleift worden bist, ist nicht so recht rausgekommen. Deine Haut war jedenfalls verbrannt, Deine Hüfte kaputt, einem Knie fehlten die Menisken und ein kompletter Muskel am Hinterbein. Du hast geschrien, wenn Dich jemand anders als ich am Kopf berührte. Panisch hast Du nach Fremden geschnappt, wenn sie in einer bestimmten Art auf uns zukamen. Bis Du begriffen hast, dass nicht jeder böse ist, dauerte es seeehr lange, viele Tränen, und oft war ich mutlos. Wie könnte ich es leugnen?!

Irgendwie haben wir alles miteinander überwunden. Du wurdest dann gesund – gut, manchmal hinktest Du nach dem Aufstehen, aber Frau Doktor sagte, besser würde es nie. Hattest Du Schmerzen, konnten wir uns lange mit Naturmitteln behelfen. Du bekamst Krankengymnastik, Wasserlaufband, und auch einen richtigen Knochenspezialisten zogen wir damals zu Rate. Beim Rennen machten Dir nur andere Windhund(e)(-Mixe) und Leo Konkurrenz. Du hadertest nie mit Deinem Schicksal, warst immer glücklich, wenn wir zusammen waren und warst ein toller Freund. Neckisch zwicktest Du manchmal in meinen Allerwertesten im Übermut und dabei leuchteten Dir die Augen, wenn Du mich "erwischest" und ich es nicht kommen sah, weil Du Dich leise angeschlichen hast und ich mich erschreckte.

Vieles haben wir zusammen durch gemacht. Harte Zeiten, traurige Zeiten, schöne Zeiten. Barras warst Du ein guter Freund, Leo ebenfalls. Du hast ihn damals so lieb in Empfang genommen, als das verängstigte Kerlchen ankam. Du hast ein Leben mit uns gelebt. Leo und ich waren in Deinem großen Herzen, und wir wussten beide immer, dass wir dort nie wieder rauskommen würden, selbst wenn wir es gewollt hätten.

Aus Dir selbst wurde ein selbstbewusster Hund, auf den man sich verlassen konnte und mit dem man fast überall hingehen konnte. Und Du wolltest auch überall mit mir hingehen. Mehrmals hast Du es geschafft, aus Wohnungen, Häusern und sogar durch ein Fenster im Erdgeschoss hinter mir herzulaufen. Es gab kaum etwas, was Dich halten konnte, wenn Du Dich auf die Suche nach mir machen wolltest. Zum Glück ist nie etwas passiert. Und, zugegeben, wir mussten viel verriegeln und verschließen. Kam ich dann wieder, hast Du meinen Arm oder Ärmel festgehalten und mir vorgesabbelt, wie Du mich vermisst hast. Überhaupt warst Du sehr kommunikativ. Du hast gequasselt und gequasselt.

Du konntest unglaublich ernst wirken, aber dann wieder lebensfroh und lustig. Respekt hatten die meisten Hunde vor Dir, wenn Du ihnen nur einen ernsten Blick zugeworfen hast. Das war schon beeindruckend.

Deine Verhaltensauffälligkeiten mussten wir alleine durchstehen. Mehrere Trainer trauten sich nicht zu, mit Dir zu arbeiten. Du warst eine echte Herausforderung, und ich musste manchmal wirklich kreativ sein. In stressigen Situationen bot ich Dir einfach ein Zerrspielzeug an, in das Du beißen konntest. Damit konnte ich Dich überall dran vorbei bugsieren, und Du ignoriertest das „Nervige". Auf der anderen Seite warst Du so liebevoll. Sogar einen Welpen hast Du bei uns zu einem Super-Hund erzogen. Jeden Pflegehund, der hier einzog, liebevoll aufgenommen. Hündische Besucher und menschliche Besucher mit Hund waren immer willkommen. Menschliche Besucher ohne

Hund waren tatsächlich vier Jahre lang nicht gern von Dir gesehen. Da dünnte sich unser Freundeskreis doch sehr aus. Naja, ich denke im Nachhinein, er hat sich „gesund gestoßen"...

Von vielen Menschen wurdest Du leider sehr missverstanden. Du mochtest es eben nicht, wenn Dir wuselige, wilde Hunde in die Beine rannten, das bedeutete Schmerzen für Dich. Halter solcher Tiere hielten Dich für unverträglich. Was Quark war. Wie oft sind wir zu großen Treffen von Tierschutzvereinen, Hundeforen, Treffen spanischer Hunde gefahren und es waren 20, 50, 100 Hunde vor Ort, und Du hast Dich mit allen verstanden und Ihr habt Euch untereinander verständigt?!

Leider hast Du Leberkrebs bekommen sowie eine chronische Niereninsuffizienz. Alles in allem konnte man Dir nicht helfen, Dich nur schmerzfrei halten, und Du hast sage und schreibe vier Monate nach der Diagnose noch gelebt, was ein unglaublicher Kampf war. Wirklich gehen wolltest Du nicht.

An einem Tag dann hast Du mir Deinen Ball vor die Füße gelegt und Dich hingelegt. Wir haben uns verständigt. Ich rief unseren Tierarzt an, der dann auch mittags kam und Dich bei uns im Garten einschläferte. Du warst so gern dort.

Danach war nichts mehr, wie es vorher war. Leo war unglaublich traurig und schrie und weinte, sobald ich ihn allein ließ. Um ihn sorgten wir uns auch sehr nach Deinem Tod.

Oft vermisse ich Dich noch immer, Du warst einfach einmalig. Aber soll ich Dir etwas sagen?! Unser Wilbert, der Bengel, der lange Jahre nach Dir zu uns kam – er erinnert mich an Dich und an Leo. Er könnte ein

Sohn von Euch beiden sein (wenn Ihr denn nicht beide Rüden gewesen wärt.) Wobei Ihr eine gewisse Verwandtschaft habt: Du als Galgo-Mix und er als Magyar Agar. Irgendwie hat sich der Kreis wieder geschlossen. Er erzählt sogar in der Art, in der Du gesprochen hast, eben in Windhund-Art.

Welche Abenteuer kommen wohl noch auf mich zu? Es ist beruhigend, dass Du von der Regenbogenbrücke über uns wachst.

Hundeschulen und -trainer

Ein Hundetrainer ist ein Hundefreund und bringt dem Hundehalter bei, wie er seinen Hund zuverlässig zu führen hat. Natürlich mit modernsten Methoden und Theorien, da er, wie jeder andere Unternehmer, keine Kosten und Mühen scheut, sich weiterzubilden. Sollte man meinen...

Inzwischen gibt es ja auch eine Ausbildung für Hundetrainer, die von der Tierärztekammer geprüft wird. Das ist grundsätzlich ein Fortschritt. Trotzdem wird allzu häufig blind irgendwelchen „In-Trainern" oder „Hundeflüsterern" gefolgt. Das Hirn sowie das Bauchgefühl auszuschalten oder seinem Hund etwas aufzuzwingen, wo er sich unwohl fühlt, sollte man auf keinen Fall. Nicht jeder Trainer passt zu jedem Hund – und ich muss gestehen, manche passen zu gar keinem Hund!

Das jede Hunderasse und jeder Rassenmix andere Bedürfnisse und Eigenschaften hat, entgeht so manchem Trainer. Dass ein Schäferhund beispielsweise völlig anders erzogen werden muss, als z. B. ein Pointer, das finden sog. Fachleute manchmal durchaus uninteressant. Die individuelle Persönlichkeit eines Hundes – bitte? Hundeerziehung funktioniert doch nach Schema F. Wobei Schema F sehr leicht Schema Falsch bedeutet. Mit fatalen Folgen. Ein Hund, der lernbereit und wissbegierig ist und ein Vertrauensverhältnis zu seinem Menschen aufbauen sollte (bzw. aufgebaut hat), wird durch die verkehrten Methoden zu einem verstörten, sogar zu einem traumatisierten Hund. Es werden Lernblockaden entwickelt, die falschen Methoden werden oft noch drastischer ausgeführt. Irgendwann geht es bis hin zu einer Abgabe des Hundes – hoffentlich in sachkundigere Hände, die einen richtigen Draht zu diesem einzelnen Individuum entwickeln können und die verursachten Traumata und Macken auszubügeln bereit sind. Was zu wünschen ist, denn es kann auch noch schiefer laufen: Durch die Hölle der falschen Lernmethoden werden Unfälle und Bisse ausgelöst, gesunde Hunde eingeschläfert, weil die Verhaltensstörungen zu auffällig wurden. Während meines Lebens habe ich bereits zu viele negative Beispiele erlebt, gesehen, gelesen, gehört... Es macht mich jedes Mal traurig, lässt mich verständnis- und hilflos zurück.

Der Hundehalter steht – hoffentlich – beschämt und schockiert da und fragt sich, was er falsch gemacht hat. Er wollte doch nur seinem Hund ein gutes Benehmen beibringen (lassen).

Gutes Benehmen? Richtig. Ein Hund muss heutzutage kompatibel mit seiner Umwelt und seinem Umfeld sein. Das kann und wird niemand abstreiten. Allerdings sollte man als verantwortungsvoller Hundehalter sein Hirn nicht abgeben, sondern es einschalten. Zuerst einmal gilt es, sich vorab über die Rasse bzw. den Rassenmix, den man sich ins Haus holt, zu informieren. Passt dieser mit seinen Eigenheiten wirklich zu meinem Leben? Ist die Entscheidung dann positiv ausgefallen, lernt man seinen Hund am besten erst einmal kennen: Habe ich eher einen Macho oder ein Mimöschen? Was bietet mein Hund überhaupt an, woran hat er Spaß? Wie kann ich ihn auslasten? Ist er gemütlich oder ist mein Hund ein Wirbelwind? Beschäftigen Sie sich intensiv mit Ihrem Hund, dann werden Sie ihn auch verstehen. Hunde sprechen mit uns, sie teilen uns ununterbrochen etwas mit – wir müssen ihnen nur zuhören!

Sollte man sich dann entschließen, eine Hundeschule oder einen Hundetrainer zur Unterstützung einzuschalten, bitte, liebe Hundehalter – informiert Euch gründlich! Schaut kritisch hin, wenn Ihr Probestunden beiwohnt. Es ist Eure Pflicht, Euch über die neuesten Trainingsmethoden und über Verhaltenskunde zu informieren. Ein Training darf normales Hundeverhalten nicht ausschließen. Ein Trainer, der nach dem Motto handelt „Ist Dein Hund sehr unbeliebt, wird er bei mir komplett enttriebt" wird den Hund brechen. Triebe können NUR mit Gewalt KOMPLETT unterdrückt werden. Ein Hund hat einen Sexual- und einen Jagdtrieb. Mit beidem müssen wir leben (bei ersterem hilft ja noch die Kastration, die man aber m. M. n. nicht als Lösung der Bequemlichkeit halber sehen sollte). Man darf seinen Hund seine Triebe nicht unkontrolliert ausleben lassen. Trotzdem hat man damit vernünftig umzugehen. Einen Jagdtrieb komplett zu unterdrücken, hieße, einen Jagdhund – die Sensibelchen überhaupt – mit brutalen Methoden zu brechen. Das ist ein Verbrechen am Hund! Ist Ihr Hund bei jagdlichen Gelegenheiten nicht abrufbar, gehört er selbstverständlich an Stellen, an denen es wildreich ist, an die Leine. Dafür kann man ihm aber durchaus Freilauf gönnen, in Gegenden, die hinsichtlich dessen ungefährlich sind und zusätzlich Schnüffelspiele und Suchaktionen anbieten. Wenn ein Trainer behauptet, diesen Jagdtrieb komplett unterdrücken zu können, werden Sie bitte misstrauisch und fragen Sie genau nach!

Sowieso sind Triebe grundsätzlich ja erst mal neutral. Ein Folgetrieb z. B. lässt den Hund uns erst mal folgen. Wir möchten aber nicht, dass der Hund dem Jogger nachläuft. So kann man die Triebe der Hunde, von denen es ja nicht nur spärliche gibt, durchaus nutzen. Unerwünschtes Verhalten, ob durch Trieb ausgelöst oder erlernt, müssen wir versuchen zu kontrollieren, wenn möglich, abzustellen.

Es gilt übrigens auch, sich zu fragen, was kann mein Hund leisten, was soll er leisten? Muss mein Hund z. B. lernen, brav vor einem Supermarkt abzuliegen und zu warten? Meine müssen das nicht, weil ich sie in diese Situation nicht bringe: Hunde werden oft genug gestohlen, misshandelt, geärgert. Es ist leider riskant, einen Hund unbeaufsichtigt irgendwo anzubinden. Im Hundehirn ist viel Platz für Lernstoff, der mir mehr entgegen kommt. Eine Sache, die jeder für sich individuell entscheiden kann. Es gibt Hunde mit Handicaps, mit Erbkrankheiten, mit Macken. Hier muss man selbst entscheiden – ist man selbst in der Verantwortung – wie man seinem Hund was beibringt. Z. B. hat einer meiner Hunde ein behindertes Beinchen gehabt; das rechte. Aus Rücksicht, damit ich ihm nicht versehentlich darauf trete, lernte er, rechts Fuß gehen statt links. Das sind die kleinen Selbstverständlichkeiten, bei denen man mitdenken muss und einen Trainer drauf aufmerksam machen muss. Und ein guter Trainer wird auf die kleinen Besonderheiten und Eigenschaften eingehen.

Brutalität, Hektik, Schreierei – all das gehört gar nicht in die Hundeerziehung hinein. Man möchte doch, dass der Hund zu seinem Menschen bewundernd und freundschaftlich aufblickt, nicht verängstigt oder eingeschüchtert. Das ist übrigens auch eine Sache der Individualität – mancher Hund braucht und verkraftet manchmal ein energisches (!) Wort; für den anderen sind die nächsten beiden Tage gelaufen. Wobei energisch nicht gebrüllt oder gekeift bedeutet.

Informieren Sie sich so gut es geht über die Vorgeschichte Ihres Hundes. Bei Tierschutzhunden forschen Sie nach, gehen Sie allen auf die Nerven – es ist einfach wichtig. Auch bei Welpen sind die Umstände nicht immer ähnlich oder gleich, auch die Kleinen haben eine kleine, wochenlange Vorgeschichte. Sie als Halter sind für Ihren Vierbeiner verantwortlich, Ihnen muss er vertrauen. Sie sind in der Pflicht, ihn so gut wie möglich kennen zu lernen. Ihn - und auch Fachlektüre. Ein Hund hat ein anderes Verhalten als ein Mensch, er gibt sich Mühe, auf uns einzugehen und uns zu entschlüsseln. Tun Sie das im Gegenzug ebenfalls! Nur so ist gegenseitiges Verständnis möglich! Auch das sind Dinge, die man bei einem guten Trainer oder eine Schule erwarten muss. Behalten Sie Ihr Gehirn, lassen Sie es eingeschaltet, fragen Sie nach und wenn Ihnen etwas nicht gefällt, können Sie das ansprechen bzw. Ihren Hund nehmen und wieder gehen.

Heutzutage hat jeder die Möglichkeit, sich die erwähnte Fachlektüre zu besorgen und auch an Seminaren teilzunehmen, die einem den Hund näher bringen. Das ist keine Hexerei, sondern gehört m. E. n. zum ABC der Hundeerziehung.

Letztlich, bei aller Erziehung, die wichtig ist, wie bereits erwähnt – Ihr Hund hat einen eigenen Willen. Bei aller Konsequenz kann man auch ab und zu mal „Fünfe gerade" sein lassen oder eine „Quatsch"-Übung beibringen statt nur bierernste. Bringen Sie Ihrem Hund vielleicht ein lustiges Kunststück bei, denn gemeinsamer Spaß verbindet.

Hilfmittel

Im Urwald der Hundeszene gibt es eine ganze Menge von Hilfs- und Erziehungsmitteln, die an den Mann/die Frau gebracht werden sollen. Die Vielfalt reicht über Erziehungsgeschirre und -halsbänder, sog. Haltis, Flexileinen, Schleppleinen, Klicker, Trainingsdics etc. Ferner sogar Starkzwangmittel wie Stachelhalsbänder. Letzteres sollte meiner unmaßgeblichen Meinung nach nicht verkauft werden.

Bei allen anderen Mitteln finde ich, man muss damit umgehen können und der Hund muss angst- und stressfrei darauf reagieren. Ich meine damit, ohne dauerhaften Stress. Jeder hat mal kurzzeitig Stress, das ist normal. Auch wir Menschen, wenn unsere Hunde sich daneben benehmen. Daher würde ich niemanden verurteilen, der hinter seinen

Hund Trainingsdiscs wirft, wenn dieser sich dreist einen dicken Haufen von Hundekot einverleibt, und der Hund reagiert wie „huch, shocking!".

Aber auch mit Flexis und Schleppen muss man umgehen können. Hier ist ja nicht der Sinn, dass der Hund einfach hin und hergezogen wird bzw. das seinerseits machen darf. Es ist vielmehr der Sinn, dass man über ein solches Hilfsmittel mit dem Hund arbeitet und trotz einer verbindenden Schnur als Sicherheit über Wort- und Sichtzeichen leitet.

Gerade bei Haltis reagiere ich ein wenig allergisch. Richtig angewendet können sie durchaus hilfreich sein. Leider ist den meisten nicht bewusst, vielleicht sind manche auch zu bequem, dass so ein Teil am Kopfsstück mit einer Leine/Schnur verbunden ist, die nur zum Korrigieren sein soll. Nicht zum Führen oder gar zum Rucken!

Trotzdem muss an Geschirr oder Halsband eine Führleine. Benutzt man nur eine einzige Leine, die mit dem Halti verbunden ist, hat man Verspannungen und Haltungsschäden an seinem Hund zu verantworten. Wenn es ganz unglücklich läuft, kann man ihm sogar das Genick brechen.

Es ist einfach unglaublich wichtig, dass man sich informiert, was man einsetzt und wie man es gefahrlos tut. Notfalls sollte man sich das von einem erfahrenen Trainer zeigen lassen.

Leinenkontakte

Jeder wird sich im Laufe der Zeit die Frage stellen, ob es sinnvoll ist, Leinenkontakte auf einem Spaziergang zuzulassen. Grundsätzlich möchte man seinem Hund ja Sozialkontakte gestatten. Das ist natürlich nicht verkehrt. Wobei ich der Meinung bin, dass man dafür sehr gut Hundeauslaufgebiete nutzen kann. Wir begeben uns mindestens einmal täglich in so eins, also sind meine Hunde ganz bestimmt nicht kontaktarm. Es gibt Hunde, die an der Leine zickig reagieren und deren Halter daher keinen Kontakt zu Artgenossen möchten — dieser Kontakt sie sogar in Bedrängnis bringt. Andere Hunde haben eine Verletzung oder Krankheit und werden deshalb von anderen Hunden vorübergehend fern gehalten. Und es gibt auch Hunde, die einfach keinerlei Interesse haben an anderen.

Warum sich also unbedingt aufdrängen? Ich selbst war bereits in Situationen, die mir gezeigt haben, dass es bei Sozialkontakten unter Vierbeinern um die Qualität und nicht die Quantität geht. Ich berichtete bereits, dass mein Leo gelähmt geschüttelt wurde. Ebenso haben wir Verletzungen von fremden Hunden kassiert. Das möchte ich einfach nicht.

Ich halte es so, dass ich, wenn wir von jemandem freundlich angesprochen werden und die Hunde entspannt auf einander zugehen, den Kontakt selbstverständlich gern gestatte. Oder natürlich, wenn wir den jeweiligen Vierbeiner bereits positiv kennengelernt haben. Allerdings gehe ich bei fremden bzw. mir unentspannt erscheinenden Hunden (und Menschen) weiträumig aus dem Weg. Waldwege sind oft genug eng angelegt, daher breche ich mir keinen Zacken aus der Krone, wenn wir uns in ein Gebüsch stellen und die Hunde dort „Sitz" oder „Platz" machen. Ist es breit genug, führe ich sie im „Fuss" vorbei.

Lustigerweise gibt es aber immer wieder aufdringliche Hundehalter, die ihren Hund distanzlos in mein Rudel stürzen lassen. Ich finde es unverschämt. Da mache ich den Leuten Platz, signalisiere, dass wir auf Abstand sind – und es walzt ein fremder Hund mitten in uns rein. In dem Moment reagieren wir alle ungehalten. Das können die Leute in dem Fall nicht nachvollziehen. Oder ein Fall, in dem mir zwei Herren mit zwei Hunden im Wald fast eine Stunde hinterher liefen, egal, welchen Pattweg oder Rehpfad ich auch einschlug. Dreister geht es ja wohl kaum. Irgendwann schafften sie es tatsächlich, mir den Weg abzuschneiden, freuten sich wie die Schneekönige und wunderten sich, dass ich einfach genervt kopfschüttelnd an ihnen vorbeiging, mit der Bemerkung „Jetzt wird man schon gestalkt!".

Mein Rat ist, immer auf das Gegenüber achten, ob Kontakt gewünscht ist oder nicht. Im Gegensatz zu Ausläufen, in denen Hunde sich ja zum Spielen und Toben treffen, kann es einfach sein, dass die Spaziergänger allein sein möchten oder mit ihren Hunden trainieren.

Hunde-Senioren

Für manche ein Un-Ding, andere wiederum sind ihre größten Fans: Hunde-Senioren. Bitte schrecken Sie nicht davor zurück, einem Senior, wenn Sie sich in einen verliebt haben, ein Zuhause zu geben. Diese lieben, lebenserfahrenen, klugen Geschöpfe blühen in einem liebevollen Zuhause, in dem ihnen ihre Würde zurückgegeben wird, noch einmal richtig auf. Bei manchen würde man nicht annehmen, dass sie bereits in ihrem Herbst des Lebens angekommen sind, so jung wirken sie häufig, wenn sie glücklich sind.

Es ist kein Geheimnis, dass sie schon mal das ein oder andere Zipperlein haben, das aber mit Medikamenten gut eingestellt werden kann. Dafür bekommen Sie einen treuen Freund/eine treue Freundin und werden keine Probleme mit pubertierenden

Teenagern haben. Einige mögen es auch praktisch finden, dass sie sich eben nicht auf rund 16 Jahre festlegen müssen in ihrer Lebensplanung, sondern vielleicht für sechs Jahre. Das kann für jüngere Leute nicht unwichtig sein. Und natürlich ist es für Menschen-Senioren oft auch sehr angenehm, einen tierischen Partner an der Seite zu haben, der kein absoluter Wildfang mehr ist.

Bei älteren Pointern z. B. behaupte ich oft: Sie sind wie Wein; werden im Alter erstmal richtig „gut".

Ich möchte hier nicht so viele Worte verlieren, sondern lasse einfach die Geschichte von meinem Barras, der mit ca. zehn Jahren zu uns kam, und mit knapp 19 mit Liebe bepackt über die Regenbogenbrücke ging, für sich sprechen. Außerdem hat eine liebe Freundin zwei Texte über ihre Hunde-Senioren beigesteuert: Kowalski und Nala.

Lieber Barras,

so gerne wollte ich einen Hund haben. Am liebsten einen älteren Hund. Er sollte sich mit Nagetieren verstehen. Mehr Ansprüche hatte ich im Grunde nicht, und so kamen wir ins Tierheim.

Kaum jemand kannte Dich dort. Die Pflegerin musste sich zu Deinem Zwinger durchfragen. „Sitzt hier ein Barras?" Und da warst Du dann. Ein kleiner kläffender Welpe sprang an Dir hoch und ließ Dir keine Ruhe. Eine Decke hattest Du nicht, nur Zeitungen. Deine wunderschönen Augen hatten mein Herz schon erobert.

Wir nahmen Dich zu einem Spaziergang mit und es war klar, dass Du nicht mehr in den Zwinger gehen würdest. Schon am selben Tag durftest Du bei uns einziehen. Ich war überglücklich, und Du gucktest Dich auch sehr zufrieden bei uns um und warst ab dem Moment zu Hause angekommen. Zwar änderte sich mit Deinem Einzug viel im Leben, aber es war immer wie selbstverständlich. Du warst so anpassungsfähig und versuchtest, es immer Recht zu machen und keinem je zur Last zu fallen.

Mit Dir konnte man soviel erleben, Dich überall mit hin nehmen, weil Du Dich einfach immer zu benehmen wusstest. Zu jedem warst Du lieb und nett. Obwohl man Dich über zehn Jahre an einer Kette gehalten hat und Du dort verhungern und verdursten solltest, als Dein „Frauchen" in den Urlaub fuhr, mochtest Du Menschen. Andere Tiere hatten von Dir nichts zu befürchten. Durch Entenscharen bist Du ganz brav durchgelaufen, ohne je einer eine Feder zu krümmen. Zugegeben – bei Hühnern war das anders und bei Fischen auch. Als Labbi-Mix konntest Du phantastisch angeln. In Dänemark im Urlaub bist Du jeden Morgen zum Meer gesprintet, ich schlenderte hinterher, und hast täglich einen Fisch gefangen. Dummerweise hast Du das auch in einem Aqua-Zoo versucht, in den wir Dich mitgeschmuggelt hatten. Zum Glück konnten wir Dich davon noch abhalten.

Die Jahre zogen ins Land. Du hast viele Tiere kommen und gehen sehen. Ein toller Therapie-Hund warst Du außerdem. Bist ins Altersheim mitgegangen und hast Dich dort gern streicheln lassen. Leider fiel auch immer mal was von Keksen oder Kuchen ab. Und da Du extrem verfressen warst, sorry, Herzchen, hast Du nie „nein" gesagt. Überhaupt waren Deine Essgewohnheiten beängstigend. Du hast wirklich ALLES gegessen. Kerzen, Salzteigfiguren, Schokolade, einmal hast Du jemandem eine Zigarette aus der Hand gezogen und runtergeschluckt. Jedes Mal war ich in heilloser Sorge – völlig grundlos. Du hast alles vertragen. Weder Durchfall noch den Magen verrenkt.

Außerdem konntest Du ein ganz schöner Dickschädel sein. Aber da nahmen wir uns wohl beide nie etwas.

Viel herumgekommen bist Du mit uns auch. Du hast unsere Heirat mit erlebt – und auch da das Buffet geplündert. Das konntest Du Dir ja auch nicht entgehen lassen. Zwar hattest Du eine Menge Flausen im Kopf, aber warst immer ein guter, treuer Freund. Dich mochte auch fast jeder. Einem Herrn von der Müllabfuhr, der immer im Park pausierte, hast Du einmal ein Brötchen gestohlen. Statt sich von mir ein neues kaufen zu lassen, machte der Herr jeden Donnerstag Pause dort und ließ von seiner Frau ein zweites Brötchen für Dich schmieren.

Auf Wanderungen konnte es geschehen, dass Du auf einmal wie in Luft aufgelöst warst. Tauchte ein Haus auf, musste man nur in die Küche zu gehen, um Dich zu finden. Trotz Deines fortgeschrittenen Alters hast Du das immer noch gefunden, wenn es noch nicht in unserem Blickfeld war. So manch *geplünderten Mülleimer musste ich für Dich wieder einräumen. Einmal wurde ich deswegen dann auch für eine Obdachlose gehalten.*

Lieber Barras, treu hast Du mit mir meine Ausbildung absolviert und konntest die Prüfungsfragen wohl auch in- und auswendig. Ohne Dich hätte ich nie so gut abgeschnitten.

Als irgendwann Stasky einzog, hast Du ihn gelassen aufgenommen, sogar Vorteile darin erkannt. Immerhin ließ Deine Kraft auch mal nach und da war es natürlich nicht allzu schlecht, einen großen starken Freund zu haben.

Du bist leider einmal zu einer traurigen Berühmtheit geworden. Eine Joggerin hatte Dir, friedlich am Wegesrand schnüffelnden Senior, einen Stock auf den Kopf geschlagen und Dein Auge getroffen. Wir hatten zu der

Zeit noch kein Handy, also schleppte ich Dich mehrere Kilometer nach Hause, immer in Angst, weil Du zusammengebrochen warst. Du kamst dann auch an den Tropf, Dein Auge blieb blind. 18 Jahre alt warst Du da. Von dem Tag an wurdest Du hinfälliger. Bis dahin bist Du noch gut zu Fuß bis zu drei Stunden mit uns gelaufen. Zwar hattest Du Alterszipperlein – eine kleine Herzinsuffizienz, die mit Tabletten aber gut unter Kontrolle war und eine vergrößerte Leber, was bei Deinen Essens-Raubzügen kein Wunder war. Aber anzumerken war Dir das nicht. Nach dem schicksalshaften Tag wurdest Du schwächer und bist schneller ermüdet. Um Dir zu ermöglichen, noch immer auf unseren Touren dabei zu sein, besorgte ich Dir einen Kinderwagen. Dort konntest Du einsteigen, wenn Du müde wurdest und laufen, wenn nicht. Wir waren ein auffälliges Team, aber das störte uns nicht im Geringsten. Die Anzeige gegen die Joggerin, also unbekannt, und die Zeitungssuche nach ihr, erwies sich als erfolglos.

Aber jede schöne Zeit ist mal zu Ende. Unser Leo war als Pflegehund geplant, aber Du solltest ihn nicht mehr kennenlernen. Er kam drei Tage nach Deinem Tod an. Bei Dir hatte sich Wasser in der Lunge gesammelt, und Dir ging es schlecht. Natürlich wurdest Du zu Hause erlöst, im Kreise der ganzen Familie. Es war ein warmer sonniger Juni-Tag. Als Du die Regenbogenbrücke überquertest, begann es für wenige Minuten zu regnen und danach grüßte uns ein Regenbogen. Für immer im Herzen bist Du.

Danke Kowalski
15.12.2006 – 18.1.2010

3 Jahre, 1 Monat, 2 Tage, 10 Stunden durfte ich Dich haben. Dafür sage ich danke. Angesichts der Tatsache, dass Du bereits 14 Jahre alt und in einem schlechten gesundheitlichen Zustand warst, ist das eine lange Zeit, die uns beiden geschenkt wurde. Wir kamen durch animal's chance zusammen. Du hattest Deinen Menschen und ich gerade mein geliebtes Tier verloren.
 Du warst sofort bereit, erneut zu lieben. Du brauchtest eine Nacht in Deinem neuen Zuhause und warst zuhause. Ich war von da an der Mittelpunkt Deiner Welt, was Du auf Hundeart ganz deutlich machtest.
Ich brauchte etwas länger, um vom Mögen und Verantwortung übernehmen zum bedingungslosen Lieben zu kommen, aber wie hätte ich Deinem Charme, Deiner Hingabe

widerstehen können? Du bist längst meine zweite große Hundeliebe.

Du wurdest aufgewertet zu „Herr Kowalski", was aber keine Auswirkung auf Dein liebenswertes Verhalten hatte, und eine vergleichsweise junge Frau bekamst Du 2008 auch noch. Dass Nala in relativ kurzer Zeit in vielen Bereichen entspannter und friedlicher wurde, ist in erster Linie Deinem positiven Einfluss zuzuschreiben. Auch dafür sage ich danke.

Deine Gesundheit war bei Dr. Gräf in guten Händen. Seine Kompetenz und meine unermüdliche Fürsorge machten aus Dir schnell wieder einen fröhlichen, glücklichen, lebensfrohen Hund, der viel jünger wirkte, als er tatsächlich war.

Natürlich forderte das Alter seinen Tribut. War es richtig d.h. in Deinem Sinne, Dich mit Hilfe vieler Medikamente am Leben zu halten? Ja! Du wolltest leben! Wie viele Krankheiten hast Du in Deinem letzten

Lebensjahr überstanden! Immer, wenn ich mich dem schrecklichen Gedanken näherte, Dich gehen zu lassen, stiegst Du wie Phoenix aus der Asche und strahltest erneut Lebensfreude aus.

Du warst ein Kämpfer, und wir - Dein Doc sowie Dein Frauchen - haben Deinen Kampf mit gekämpft. Den letzten Kampf konnten wir nicht mehr gewinnen, den gewann der Tod. Wir konnten Dich nur erlösen, um Dir Qualen zu ersparen. Auch das war ein Akt der Liebe und der Freundschaft.
Du fehlst uns: Nala und mir besonders, aber auch all denen, die Dich kannten und mochten. Wie kannst Du so präsent und gleichzeitig so schmerzhaft abwesend sein? Wir möchten Dich wiederhaben in einem lebensfähigen, schmerzfreien Körper. Das geht nicht? Nein, leider nicht. Dein Körper bleibt tot, doch Du bleibst lebendig in unseren Herzen und in unserer Erinnerung.

Wenn ich zurückblicke auf unsere gemeinsame Zeit, sehe ich auch die Phasen, in denen sich alles um Deine Gesundheit, um Dein körperliches Wohlergehen drehte, so dass mein Leben so gut wie gar nicht mehr stattfand. Und dennoch habe ich mich nicht für Dich geopfert, denn das, was jemand aus Liebe tut, ist kein Opfer.
Unter dem Strich bleibt all die Freude, die Du in reichem Maße bereitet hast. Dafür sage ich danke.
Es bleiben Deine Liebe und Zärtlichkeit, Dein unerschütterliches Vertrauen, Deine kleinen Macken und liebenswerten Unarten.
Danke, dass Du genau so warst, wie Du warst: unverwechselbar mein Herr Kowalski.

Danke Kowalski

Wolfsgeheul, Indianergeheul
Kratzepfote
Bollentango
Kowalskilieder
Wedelweltmeister
Kugelfisch
Schnübischnup

Nala, meine dritte große Hundeliebe

Nala, Nali, Nalchen, Naline, Nalimaus, Spatzemaus, Mauseline ..... liebe Hunde haben viele Namen. Und Du warst ein liebenswerter Hund mit Deinem ganz eigenen Nalacharme, mit Persönlichkeit und einem eigenen Kopf, mit Temperament und Selbstbewusstsein. Du hattest viele Facetten, warst ganz viel Hund, nur eines warst Du nie: dumm und langweilig.

Als Du kamst, war Herr Kowalski schon da. Deine Liebe galt ihm, ich rangierte dahinter als gemochte Haushälterin. Doch das machte nichts, wir liebten beide Herrn Kowalski, mochten einander und kamen auch gut miteinander aus. Ich hatte einen Hund, der einen Hund hatte, und Herr Kowalski war für Dich ein guter Lehrmeister.

Wir wuchsen erst richtig zusammen, als unser Kowalski uns mit 17 Jahren verließ, das war vor fast vier Jahren. Gemeinsam haben wir um ihn getrauert, das hat uns eng miteinander verbunden, und Du hast mich zum geliebten Frauchen befördert.

Du warst anders als Kowalski, aber Du warst ja auch Nala, mitunter gerne mal Nala-Randala. Leicht hast Du es mir anfangs nicht gemacht, doch da Du Dich sehr an Kowalski orientiert hast, lerntest Du soziales Verhalten im Freilauf, und ich konnte Dich nach einiger Zeit ohne Ängste und Sorgen auf der Hundewiese frei laufen lassen. Du hast die täglichen Spaziergänge dort sehr genossen, und nach zwei Stunden Hundewiese warst Du ein müdes Nalimädchen, das sich zu Hause zufrieden ablegte und schlief.

An der Leine warst Du immer noch gerne Randala, Radfahrer konntest Du nicht ausstehen, und Briefträger gehörten gefressen. Ja, Du warst schon eine ziemliche Rakete.

Irgendwann entwickeltest Du die Macke – oder sollte ich lieber sagen Fähigkeit – Dich von einem Moment auf den andern unsichtbar zu machen. Plötzlich tauchtest Du wieder auf und zwar da, wo Dich keiner vermutet hatte. Das brachte Dir den Namen Prinzessin Li Hsi ein (vergl. Jim Knopf „Ich bin die Prinzessin Li Hsi, wenn ich nicht will, finden mich nie sie")

So wurdest Du unsere Prinzessin mit Deinen Rittern Raylo, Leo und Manu. Später kamen noch Connor, Ben, Rocky und Blue dazu.

Je älter Du wurdest, desto ruhiger und friedlicher sozusagen altersmild wurdest Du, aber auch immer spezieller und kapriziöser.

14 Jahre bist Du geworden, 5 ½ Jahre davon durften wir miteinander verbringen. Ich hätte Dich liebend gerne noch länger gehabt, doch Deine Hüfte und Dein Rücken spielten nicht mehr mit. Du konntest trotz Schmerzmittel nicht mehr schmerzfrei laufen, und als Du dann nicht einmal mehr die

Kraft hattest, ohne Hilfe zu stehen, gab es nur noch eins: Dir den letzten Liebesdienst zu erweisen und Dich zu erlösen. In meinen Armen hast Du Deine letzten Lebensminuten verbracht, ganz ruhig, ganz sanft.
Ich bin sehr traurig, dass Du nicht mehr bei uns bist. Dein Steffi-Frauchen, bei dem Du mehr als acht Jahre gelebt hast, auch. Dein Wohlergehen lag ihr bis zum Schluss am Herzen. Auch Deinen Wiesenfreunden – zweifüßig und vierpfotig – fehlst Du. Jetzt ist das Rudel ohne seine
Prinzessin.

Natürlich fehlst Du mir am meisten, die Wohnung ist so leer ohne Dich. Ich vermisse nachts Deine Schlafgeräusche und wache nach wie vor um 4 Uhr auf, obwohl die Frührunde mit Dir nicht mehr stattfindet.
Ich kann es nicht einmal genießen, dann im Bett liegen zu bleiben.

Vor Dir habe ich zwei große Hundelieben gehabt. Stellina war meine erste, Kowalski meine zweite große Hundeliebe, und Du wurdest meine dritte.

Therapiehunde

...und hiermit meine ich keine professionellen Therapiehunde, sondern meine eigenen Vierbeiner, die natürlich mit älteren und kranken Personen in Kontakt gekommen sind.

Meine Oma und mein Opa waren im Pflegeheim – die Oma mit Demenz und an den Rollstuhl gebunden und der Opa nach mehreren Schlaganfällen rechtsseitig gelähmt. Zu beiden ging mein Barras geduldig wie ein Schaf, freute sich wie ein Schnitzel, wenn er sich dort Streicheleinheiten holte, und es fiel ja auch immer mal ein Kekskrümel von einem Bewohner auf den Boden. Das Schlaraffenland für meinen Hunde-Opa! Aber auch Lori, die Hündin meiner Eltern, marschierte fast täglich mit ihnen mit. Auch für sie war das normaler Alltag, und sie war nicht im Geringsten gestresst. Sie teilte mit meiner Oma häufig einen Vanillepudding. Ein wenig schmackhaft muss man dem Hund alles machen.

Dagegen ging Stasky zwar brav und artig mit mir mit, aber für ihn waren die Umgebung und die Menschen ein Stressfaktor. Die Menschen gingen z. T. an Stöcken, bewegten sich anders. Er konnte all das nicht einordnen. Es war für ihn okay, wenn ich ihn hindurchführte, aber es war nie so, dass er es mochte.

Bei Leo hatten wir nie Gelegenheit, es auszuprobieren. Erst, als meine Mutter viel zu früh, ins Pflegeheim musste, da sie sehr schwer krank war und professionelle Pflege nötig hatte. Hier nahmen wir die Hunde abwechselnd mit – Dana, ihre eigene Hündin, hatte riesige Angst und hat meinen Vater daher nur sehr wenige Male begleitet. Für das sensible Wesen war es einfach nur beängstigend und einschüchternd. Wieso also sie quälen?! Etwas anderes war es dann für sie, wenn man dort im Garten sitzen konnte. Leo, mein tapferer kleiner Pointer-Held, mein Herz auf vier Beinen, taperte tapfer neben mir her und stellte fest, dass ihm die Angelegenheit unheimlich war. Er freute sich zwar, meine Mutter wiederzusehen, da er immer verwirrt war, wenn er sie zu Hause nicht antraf. Aber er kam nicht richtig damit klar, dass sie natürlich so ganz anders war als sonst. Der süße Schatz überwand sogar das erste Mal seine Angst vor dem Fahrstuhl! Leider hatte er das Pech, dass meine Mutter an dem Tag zum Notfall wurde und wir alle, mit Leo, dicht gedrängt im Fahrstuhl standen, er selbst von meinem Mann und meinem Vater mitgenommen wurde, während ich mit meiner Mutter im Rettungswagen mitfuhr. Leo war danach nur noch fertig. Der Tag war gelaufen, und das waren seine ersten und letzten Fahrten im Fahrstuhl für sein ganzes Leben.

Von da an nahmen wir einfach Manu mit, der es selbstverständlich fand, mitzukommen, guckte „ah, da ist ein Bett, da ein Sessel – ich lege mich dann mal hin und weckt mich bitte, wenn wir wieder gehen" „Hey, da wird Kuchen geliefert – gib mal!". Ein supertoller, nervenstarker Hund, den wirklich fast nichts aus der Ruhe bringt!

Es gibt ja bestimmte „Ausbildungen" für Hunde, die Menschen in Pflegeeinrichtungen besuchen gehen. Das ist für die Menschen sicherlich ein großer Gewinn. Meiner Meinung nach benötigt ein Hund dafür keine „Ausbildung", sondern entweder hat er Freude und die Wesensart, diese Aufgabe zu erfüllen – oder er hat sie eben nicht. Das hat weder etwas mit Gewöhnung noch mit Lernen zu tun. Sicherlich ist die Umgebung neu für den Hund, aber ob ein Vierbeiner es unheimlich oder nicht findet, wenn sich Menschen unvorhergesehen benehmen, vielleicht etwas grober zufassen, lauter sprechen – dazu gehören eine natürliche Souveränität und Nervenstärke sein. Das zarte Pflänzchen wird selten Geschmack daran finden. Damit meine ich natürlich nicht, dass Hunde, die diese wichtigen Aufgaben erfüllen, unsensibel sind, nein, sie sind sogar unglaublich empathisch! Man muss nur die Kirche im Dorfe lassen und von seinem Hund nichts verlangen, was absolut gegen seine Natur ist und wogegen er sich innerlich sträubt. Hier gehört die Kenntnis dazu, den eigenen Hund einzuschätzen, ob er alles „über sich ergehen lässt" oder ob er wirklich zufrieden ist. Denn bei allem, was positiv für den Menschen ist – der Hund hat auch ein Recht, dass man sich in ihn einfühlt. Wie und wo lernt man seinen künftigen Hund kennen?

Grundsätzlich bleibt das jedem selbst überlassen. Schön wäre es natürlich, wenn ein Hund aus dem Tierschutz übernommen wird, sprich aus einem umliegenden Tierheim oder auch von weiter entfernt

Das Leben im Tierheim ist leider hart. In den deutschen Tierheimen versucht man zum Großteil, das Dasein abwechslungsreicher zu gestalten und die Tiere adäquat zu versorgen. Es gibt sogar Menschen, die sagen, „wenn ein Tier in einem deutschen Tierheim sitzt, hat das Tier es GESCHAFFT". Der Meinung bin ich allerdings nicht wirklich, denn auch hier besteht der Alltag aus 23 ½ Std. Zwinger. Nie wird ein Tierheim ein Zuhause mit weichen Hundebetten, einer Couch und liebenden Haltern ersetzen. Zeit, um mit dem Hund zu spielen, den Guten Morgen-Kuschler – all das gibt es nicht unbegrenzt dort. Hunde möchten sich binden und eine Bindung kann nur in einem guten Zuhause entstehen. Als Übergang ist ein Tierheim natürlich eine anständige Lösung, aber auf Dauer verkümmern Hunde auch hier. Es sind nun mal Rudeltiere. Auch Macken können natürlich besser und individueller bekämpft werden. In Tierheimen in Süd- und Osteuropa ist es oft wesentlich bitterer. In vielen wird noch getötet. Natürlich gibt es auch private Heime, die sogar Tiere aus Tötungen holen, damit sie eine Chance bekommen. Sie sind auch stark auf Spenden angewiesen und leider existieren viele mehr schlecht als recht, obwohl die Menschen sich regelrecht aufopfern. Hier gibt es die Möglichkeit, sich als Pflegestelle anzubieten oder eben fest ein Tier zu adoptieren. Mein Wilbert ist ein „Zwischending". Er war ursprünglich im Tierheim in Rumänien und wurde von dort in ein deutsches Tierheim gebracht. Das ist nicht unüblich, wenn es freie Plätze in deutschen Tierheimen gibt und auch nicht verwerflich. Auch, wenn einige darüber schimpfen: Ein vermittelter Auslandshund finanziert immer ein wenig den Langzeitinsassen in Deutschland. Langzeitinsassen wird es immer geben – das wird auch nicht besser, wenn keine Auslandshunde mehr kämen, denn nicht jeder kann den bissigen Hund, den, der keine Kinder mag oder auch, so traurig es ist, den Hund mit Auflagen, halten. Auch, wenn auch diese ein schönes Zuhause verdienen und tw. auch nach langer Zeit vermittelt werden, da es nur DEN EINEN Menschen geben muss, der diese Chance gibt. Viele sind erstaunt, wenn sie merken, was für einen unentdeckten Schatz sie bekommen haben.

Barras war z. B. in einem deutschen Tierheim und überglücklich, als sein Leben endlich los ging. Er hatte keine weiche Decke zur Verfügung, da er mit einem Welpen den Zwinger teilte. Der alte Kerl musste auf Zeitungen schlafen. Es war sicherlich für ihn besser, von der Kette befreit worden zu sein anstatt dort zu verhungern, aber eben suboptimal. Ein Rentner, der es verdiente, den Himmel auf Erden zu bekommen. Kein Tierheim kann so etwas bieten.

Stasky, Leo und Manu kamen aus spanischen Tierheimen direkt zu mir. Erst als Pflegehunde, aber sie durften bleiben. Diese Heime waren unterschiedlich. Das von Stasky war zu dem Zeitpunkt sehr arm und einsam gelegen. Inzwischen kümmern sich deutsche Vereine darum, daher ist es etwas bekannter geworden und es gibt Spenden, die den Hunden helfen, damit sie nicht mehr erfrieren (richtig gelesen – in Süd- und Osteuropa erfrieren Hunde im Winter noch regelmäßig bzw. erliegen einem Hitzschlag), auf dem nackten Boden liegen, regelmäßig Futter ins Bäuchlein bekommen und tierärztliche Versorgung. Vermittlungen in andere europäische Länder helfen, die Kosten zum Teil zu decken (und schaffen natürlich Platz für den nächsten Notfall), die noch dort sitzende Hunde verursachen. Leos Heim war ein gutes – in einem bevorzugten Viertel von Madrid. Die Versorgung war top. Er war allerdings sehr einsam und gab sich selbst auf aufgrund seiner Isolation. Zuneigung und Liebe konnte ihm nun einmal niemand geben. Manu saß erst im sicheren, von Tierschützern gemieteten Zwinger in einer Tötung, was nur unwesentlich besser war. Danach kam er ins improvisierte Tierheim im Aufbau. Ein wenig Pech, denn nichts war ausgestattet, aber immer noch besser als getötet zu werden,bzw. mitzubekommen, wie Artgenossen getötet werden und es war eine Chance. Dieses Tierheim ist inzwischen auch mit Engagement gut ausgestattet worden und jeder Cent wandert in die Tiere.

Sog. Ups-Würfe („ups, da war sie trächtig")... Unschön und verantwortungslos, da es genug bzw. zuviel Hunde gibt, die sich ein Zuhause wünschen. Die Kleinen sind aber nun mal da, und sofern der Halter nicht am Laufenden Band Ups-Würfe produziert, finde ich, dass diese Tiere auch ein Zuhause verdient haben und nicht erst im Tierheim landen müssen. Möglich, dass man einen solchen Halter ja sogar im Bekanntenkreis hat und der sich Mühe gibt, die Kleinen gut zu prägen und anständig zu vermitteln. Sollte der Besitzer des Ups-Wurfes allerdings genauso verantwortungslos mit der Zukunft der Babies spielen, sollte man ihn dem Veterinär-Amt melden.

Zu einem guten Züchter kann man natürlich auch gehen. Vielleicht kennt man schon einen oder man kennt einen, der einen kennt...? Andernfalls kann einen vielleicht der Haus-Tierarzt an jemanden vermitteln oder der VDH. Informationen kann man im Internet über Züchter einholen, aber ein seriöser

Züchter wird immer darauf bestehen, dass man die Welpen besucht und das ist für den zukünftigen Halter ja auch sehr wichtig. Sehen, wer die Elterntiere sind, die Kleinen im eigenen Umfeld erleben. Wie sieht es dort aus? Was wird den Hunden geboten? Solche Welpen sind i. d. R. nicht ganz billig – das kann kein Züchter leisten, der seine Zuchten ordentlich und gesund betreibt. Vielleicht nimmt man von dort den Sitzenbleiber, der schon ein Jahr alt ist, weil ihn keiner wollte und den der Züchter eigentlich gern vermitteln würde, weil er zur Zucht nicht taugt, vielleicht verliebt man sich in einen Welpen mit Fehlfarbe…

Nur bitte – nicht zu einem Vermehrer von Billig-Welpen gehen! Die Elterntiere werden dort unter schlimmsten Umständen gehalten. Sie müssen alle halbe Jahr werfen, Rüden und Hündinnen sind meist krank, schwach, ausgezehrt, da sie keinerlei tierärztliche

Versorgung bekommen und zu essen bekommen sie, wenn überhaupt, sorry, Dreck! Haben sie ihre „Arbeit" getan, werden sie ausrangiert. Getötet, ausgesetzt – wenn sie Glück haben, kommen sie ins Tierheim. Die Welpen dieser armen Geschöpfe können natürlich auch nur krank und schwach sein. Viele sterben bereits kurz nach ihrem Verkauf, andere sind ein Leben lang Dauergäste beim Tierarzt. Die armen Socken gehören zu den Wesen, die besser nicht geboren worden wären. Auch wenn es schwer fällt – jeder noch so geringe Kaufpreis unterstützt niemand anders als den jeweiligen Vermehrer. Diese Leute verkaufen die Welpen zu Spottpreisen. Gern mal aus dem Auto oder einfach in einer Butze, in der man Ausreden serviert, warum die Elterntiere nicht zu sehen sind. Gut von Profis aufgepäppelt (also, nachdem sie beschlagnahmt und im Tierheim gelandet sind), ist es natürlich wieder eine andere

Sache und man kann so ein Kerlchen ruhig nehmen.

Möglich ist ja auch, dass im Bekanntenkreis oder in der Nachbarschaft ein Hund abgegeben werden muss, z. B. wenn ein Halter verstorben ist. Auch diese Hunde benötigen dringend jemanden, haben sie doch erst ihre geliebte Bezugsperson verloren, und werden es danken, wenn ihnen Sicherheit und Bindung geboten werden.

Eine Möglichkeit, absoluter Horror-Science-Fiction, und übertrifft in meinen Augen beinahe noch die Perversität und Herzlosigkeit von oben beschriebenen Billig-Produzenten, ist das Klonen. Möglich nur in Übersee, aber wo ein Wille ist, ist auch ein Weg. Angesichts der Not, die in Tierschutzvereinen herrscht und das gesunde Hunde en masse noch immer ermordet werden, weil sie einfach „überflüssig" sind, ist das für mich der Gipfel.

Lori und Dana

Das Kapitel möchte ich meinen Hunde-„Schwestern" widmen. Die beiden waren die Hündinnen meiner Eltern – das machte sie als Familienmitglieder zu meinen Schwestern, oder ist das etwa falsch?!

Lori, eine lustige Husky-Podenca mit Oberschenkeln wie ein Marathonläufer und einer Taille wie Marylin Monroe, war auf ihre Art sensibel und hatte ihre Ängste. Auf der anderen Seite neugierig, aufgeweckt und oft genug der Meinung, sie sei Ersthelferin. Hörte einer meiner Jungs nicht auf der Stelle, wenn ich rief, war sie bei ihm und scheuchte den Abgänger recht unsanft zu mir. Bekam einer von ihnen Schimpfe, weil er dabei war, etwas auszufressen, kam der Zusatz-Mecker von Lori. Ich möchte im Nachhinein lieber nicht wissen, wen sie ernster nahmen…

Lori stammte aus einem umliegenden Tierheim, sie war Streunerin aufgegriffen worden. Damals war sie ca. zwei Jahre alt.

Schnell stellte sich heraus, dass die gute Lady eine Hündin mit Prinzipien war. Hatte sie keine Lust zum Spaziergang, erledigte sie ihr Geschäft und stellte sich ans Auto. Man sollte ja nicht nachgeben, sondern weitergehen, Nachfolgetrieb usw., Sie wissen schon. Nun ja, sie wartete dann halt, bis Herrchen seinen Spaziergang beendet hatte. Der Knecht hatte sich Auslauf verdient, das hieß doch nicht, dass sie unbedingt mitmarschieren musste!
Auf Spaziergängen, an denen sie teilnahm, konnte man feststellen, dass sie ein eingebautes Navi hatte. Lief sie an einer Stelle in ein Gebüsch, konnte man nie wetten, an welcher Stelle sie letztlich wieder auftauchte. Meist an einer, an der man nicht mit ihr rechnete.

Das Mädchen war sehr innig befreundet mit einigen Hunden. Stasky mochte sie sehr gern. Einen Monat nach seinem Tod starb sie auch und tragischerweise beide an Leberkrebs. An dem Tag, als Stasky starb, richtete Lori sich in ihrem Körbchen auf und heulte...

Irgendwann folgte ihr dann Dana. Dana, eine liebe Hündin, die man auf den zweiten Blick wahr nahm. Sie kam aus Rumänien und meine Eltern lernten sie im Tierheim erst eine Weile kennen. Dana war sehr, sehr ängstlich. Ihr ganzes Leben durften sie nur fünf Personen anfassen. Die Familie sowie eine Gassi-Freundin meines Vaters, die sie fast täglich sah. Im Tierheim sah es aus, als wäre sie ein grau-brauner Hund. Es stellte sich nach ihrem ersten Bad heraus, dass Dana goldfarbenes Fell hatte, das mit Braun und Schwarz durchzogen war. Wunderschön! Sie war nur in ihrem Vorleben nie gesäubert worden, so das eben alles dreckig und siffig war. Eine unglaubliche Erleichterung für die schöne Hündin, als sie endlich sauber war!

Trotz aller Schüchternheit und Ängstlichkeit hat sie sich so manchen „Hauer" geleistet. Beispielsweise stand mein Vater einen Tag im Eisregen im Freilaufgebiet— 7,5 Std. Madame war nicht zu sehen. Keiner weiß, ob sie sich solange im Gebüsch ausgeruht hatte oder was sie getrieben hatte. Welcher Hund läuft 7,5 Std. am Stück?! Danach hatte sie dann auch erstmal eine ganze Weile Leinenzwang, wie ich mich erinnere. Eskapaden wie diese hat sie sich nicht mehr geleistet. Zwar bekam sie ab und zu den Drang, eine selbständige Runde zu drehen, aber diese hielt sich dann in Grenzen.

So direkt und energisch Lori sein konnte, so sanft war Dana.

Leider war Dana aufgrund ihres Vorlebens mit Arthrose geplagt. Eines nicht so schönen Tages konnte sie nicht mehr aufstehen. Die Beinchen trugen sie nicht mehr. Sie musste erlöst werden.

Die beiden waren einfach phantastisch. Sie waren tolle Mädel und Familienmitglieder! Menschliche Geschwister?! Schönen Dank – wenn ich dann und wann mitbekomme, wie sich manche Geschwister untereinander streiten, bin ich froh, keine zu haben. Ich glaube, die beiden Hündinnen haben mehr Pfotenabdrücke in den Leben derer, mit denen sie in Berührung kamen, hinterlassen, als ein Mensch es vermag. Wir haben zusammen geurlaubt, sie waren bei uns, wenn meine Eltern krank waren, haben mir geholfen, die Jungs zu erziehen. Einfach Familie!

Unerzogene Hunde – wie schlimm können sie sein?

Unsere Hunde kamen samt und sonders aus dem Tierschutz und waren komplett unerzogen. Das muss so gesagt bzw. geschrieben werden, da beisst die Maus keinen Faden ab. Sie hatten Macken, Ängste – das pure Vergnügen also! Die jeweilige erste Zeit war meist nervtötend bis hin zum Alptraum. Wir mussten viel arbeiten und schleifen, Macken ausbügeln und kreativ sein.

Barras, er zog wie wahnsinnig an der Leine. Er hatte über zehn Jahre als Kettenhund gelebt. Zum Glück verstand er nach einiger Zeit, dass er nie wieder an eine Kette musste und die Leine ab und zu einfach unsere „Nabelschnur" sein sollte, mit der ich ihn nicht einschränken, sondern sichern wollte und musste. Schwieriger war sein Fress-Trieb! Barras fraß alles! Er räumte den Müll aus, er öffnete sogar Schränke, verging sich an Deko… Leider blieb das all die Jahre, die er noch lebte, so. Der Höhepunkt war eindeutig erreicht, als er einer Gassi-Freundin meines Vaters eine Zigarette aus der Packung riss und sie sofort hinunter schluckte. Mitten auf einem Freilaufgelände. Das Auto weit entfernt. Wie es ausging?! Barras hatte den Spaß seines Lebens und rannte glücklich herum, fühlte sich 14 Jahre jünger. Trotzdem: Nicht zum Nachmachen empfohlen!

Fress-Trieb — das war bei Stasky nicht so schlimm, er nahm das, was ich ihm gab. Allerdings war er angst-aggressiv und hielt die Welt erstmal grundsätzlich für schlecht. 100%ig falsch lag er nicht, wie wir alle wissen — das Leben ist einfach kein Ponyhof! Dazu kam, dass er in der anfänglichen Zeit nicht Auto fahren konnte, ohne das ihm übel wurde. Um das zu überwinden, haben wir eine Reise nach Süd Tirol mit ihm, Barras und seiner Freundin angetreten – danach liebte er Autofahren! Die Angst vor allem und jedem konnte ich ihm nach und nach nehmen. Es blieb ein Schutztrieb mir gegenüber, aber den konnte man ganz gut lenken. Geriet Stasky anderweitig unter Stress, z. B. wenn wibbelige kleine Hunde zu uns stürzten (was ihm unangenehm war, da es ihm an seinem Handicap-Beinchen und seiner kaputten Hüfte Probleme bereitete, wenn sie ihm zwischen die Beine gerieten), habe ich ihm ein Spielzeug vor die Schnauze gehalten, in das er beißen konnte, seinen Stress auslassen. Man glaubt es kaum, aber gerade Stasky hat mir viel Tränen beschert. Er war einfach wundervoll, ein treuer Freund, liebevoll und anhänglich. Gerade deshalb bereiteten mir seine Probleme große Sorgen. Was wäre gewesen, wenn wir Ärger mit den Ordnungshütern bekommen hätten? Hätte ich ihn weiterhin behalten dürfen? Wer hätte sich um ihn gekümmert, wäre auf ihn eingegangen?! Hätte er überhaupt weiter LEBEN dürfen? Er schenkte mir doch als einzige soweit Vertrauen, dass er sein Leben in meine Hände legte und sich zum großen Teil darauf verließ, dass ich wusste, was ich tat. Wäre ihm das bei jemand anderem noch einmal gelungen? Zum Glück konnte ich ihn überwiegend so führen, dass nichts geschah. Leider macht jeder Fehler und manche Situationen waren grenzwertig. Zum Glück wendete sich irgendwann alles zum Guten und Stasky lebte wie ein normaler Hund, bei dem ich einfach auf ein Rest-Risiko zu achten hatte. Der Bursche wurde ein lustiger Kerl mit goldigem Humor und lauter Streichen im Kopf! Sein Humor war von der feineren, subtileren Sorte. Ich fand immer, Stasky wirkte wie ein distinguierter Herr. Es hätte mich auch nie überrascht, wenn ich ihn die Zeitung lesend angetroffen hätte.

Ein weiterer Angsthase trat mit Leo in mein Leben. Trotz allem war er ein fröhlicher Hund, der mit offenen Pfoten annahm, was wir ihm boten. Zwar fand er viele Menschen und Situationen bedrohlich, aber er war froh, in ein Rudel zu kommen, dass ihm beistand. Waren wir zusammen, wusste Leo, alles ist gut. Sie beschützt mich schon. Dadurch wurde er dann auch schnell übermütig und vorwitzig. Ob er nun, mich entsetzt hinterher rufend, einen Abhang hinunter raste und sich mit der Schleppe in Wurzeln verfing (und ich unter Lebensgefahren hinterher klettern musste) oder in leere Freibäder einbrach und Herrchen über den Zaun klettern musste, da von Herbst bis Frühjahr noch einige Zeit den Fluss hinunter floss, und wir ihn vorher befreien wollten – Leo ließ kein Fettnäpfchen aus. Lieber eine

Schramme als ein Abenteuer zu verpassen. Kaum ein Zaun war sicher genug: Wo niemand einen Ausweg fand, Leo fand ihn! Selbst, als er das halbe Jahr im Rollwagen saß, musste ich rennen, um ihn vom Schlimmsten abzuhalten. Einmal wollte er tatsächlich in ein Becken springen, das von glatten Steinen ummauert war. Aber es war einfach unglaublich spannend – hinter dem Becken Gebüsch mit Wildtieren, zum Planschen Wasser – was will das Hundeherz mehr?! Zum Glück konnte ich ihn stoppen. Mehrmals durfte ich ihn mit dem Rollwagen aus Schlammgräben wieder ausgraben, weil Leo eben doch manchmal schneller gewesen ist als sein Frauchen. Er lag dann dort, der Rollwagen steckte fest, ich knietief im Morast... Es liest sich komplett unfähig, aber einen aktiven Hund zu begrenzen, der es gewohnt war, mich mit einer charmanten Dreistigkeit auszutricksen, bei der man meist nur daneben stehen konnte, den Kopf schütteln und lachen... Das ist nicht einfach gewesen!

Mein lieber Manu hingegen war ein Trampeltier! Er kam als dicker Buddha zu uns, bekam die Beine nicht auf den Boden, wenn er sich hinsetzte. Keine Muskeln, nur Fett und natürlich keinerlei Körpergefühl. Das führte dazu, dass er Chaos anrichtete, er benahm sich wie der sprichwörtliche Elefant im Porzellanladen – und ehrlich, er sah auch so aus... Leo, das Sensibelchen, versteckte sich so manches Mal, wenn Manu Tischplatten versehentlich von Tischen riss und Deko, Gläser etc. lautstark schepperten. Manu riss und walzte einfach alles um. Abnehmen musste er sowieso, aber er sollte auch ein wenig mehr Körpergefühl entwickeln. Nach und nach stellte ich ihn auf Baumstämme, gut gesichert, brachte ihm das Balancieren bei. Er sollte lernen, wo sein Körper begann, wo er endete sowie seine Muskeln, die sich nach und nach entwickelten, einzusetzen. Manu war selbst so eifrig bei der Sache, dass er, als ich Leo einige Cross-Agility-Übungen machen ließ, sich mit seinem Bauch mühevoll auf einen Stein hangelte und als er es geschafft hatte, einen super-stolzen Gesichtsausdruck hatte! In dem Moment wusste ich, dass es sich lohnt, dass der Hund auch viel glücklicher mit einer schlanken, muskulösen Hundefigur ist. Und aufgrund seines Stolzes und Eifers flossen Freudentränen! Lernen musste Manu gleichzeitig, Frust unter Kontrolle zu halten, aber auch das lernte er sehr schnell, da er merkte, er muss bei uns nichts verteidigen, denn es ist genug für alle da, und wir finden immer eine Lösung. Das Leben bei uns besteht eben nicht aus Erfolg oder Misserfolg, aus Schwarz oder Weiß, sondern aus vielen Alternativen und Kompromissen. Zwischen Schwarz und Weiß gibt es viele Abstufungen. Manu ist einer der lustigsten Hunde der Welt!

Er ist fröhlich und glücklich, hat seinen Dickkopf und spielt mir so manchen Streich. Das darf er auch weiterhin tun. Er kennt mich sehr gut, weiß oft, wie ich reagiere und nutzt das, um mich auszutricksen. Zum Teil hat er das von Leo übernommen, der diese Technik meisterhaft verfeinert hatte.

Wilbert war ein aufgeweckter Hund, der zwar sehr ängstlich, mitunter panisch war zu Anfang. Aber auch er hatte so schnell raus, dass man bei uns als Hund so gut es geht geschützt wird und ausprobieren darf. Ausprobieren... Das neugierige Blag hat es u. a. einmal geschafft, während ich oben im Bad war, an einer Flasche Rasierschaum den Drückknopf zu zerstören, nachdem er ihn in Gang gesetzt hatte. Ich hörte ängstliches Bellen, lief nach unten, und sah fassungslos, wie Wilbert vor der Flasche stand und entsetzt beobachtete, wie der Rasierschaum sich unter Zischen als endlose weiße Masse auf unserem Teppich ausbreitete. Zum Teil beängstigend für ihn, aber noch immer interessant genug, um sich das anzusehen. Caniden-Forscher würden ihn wohl als A-Typ klassifizieren, nehme ich an. Neugierige Nase. Seine Neugier machte es aber ein wenig einfacher, ihn an ihm unbekannte Situationen heranzuführen. Ein wenig wie sein Vorgänger Leo. Bloß kein Abenteuer auslassen. Dieser Hund hat mich eine Menge Nerven gekostet. Bisher. Wilbert ist 1 ½ Jahre alt...

Hundehalter – ohne Selbstbewusstsein?

Hundehalter tun eine Menge für die Allgemeinheit – Hunde werden als Rettungshunde ausgebildet, als Therapiehunde, sie können Drogen erschnüffeln, fungieren als Diabetes- oder Epilepsie-Hunde usw. Ferner sieht man bei Katastrophen immer wieder Hundehalter mit Hunden, die mit Schildern und der freundlichen Aufforderung „hug me" ausgerüstet sind. Einen Fell-Kumpanen umarmen, wenn man von einem Schicksalsschlag eingeholt wurde, hat etwas ungemein Tröstliches.

Dazu kommen die Steuern, die man für Hunde bezahlt. Diese werden gern erhöht, sobald das Stadtsäckel nicht prall genug gefüllt ist. Wagt der Hundehalter allerdings die Forderung nach mehr Freiauflächen oder ähnliche Dreistigkeiten, wird er abgewürgt, dafür sei kein Geld da und die Hundesteuern wären ja schließlich nicht zweckgebunden, sondern würden von der Allgemeinheit genutzt. Selbstverständlich sieht man das ein. Da es die Tierheime auch nicht leicht haben, wäre es ja normal, die Hundesteuern für Fundtiere zu nutzen. Aber nein – auch hier darf der Tierfreund zusätzlich in die Tasche greifen und Tierheime privat unterstützen. Steuern sind grundsätzlich für andere da, nicht für Tiere.

Wie viele Arbeitsplätze Hundehalter schaffen (Tierzubehör, Tierfutter, Tierärzte, Accessoires, Autoausstattungen, Hundeschulen, Seminare, Sport für Hunde...) steht auf einem weiteren Blatt. Der Anteil am Bruttoinlandsprodukt beträgt etwa 0,22 %.

All das geschieht, weil sich Personen bereit erklären, für einen oder mehrere Hunde zu sorgen und diese sicher – für sie selbst und die Allgemeinheit – zu führen, d. h. ihnen ein Leben zu ermöglichen; oft genug Hunde, die aus dem Tierschutz stammen und der Allgemeinheit zur Last gefallen wären (wenn man den Zwergen-Anteil, den Kommunen ihren Tierheimen geben, als Last bezeichnen kann). Es ist aber nicht so, dass einem Hundehalter das positiv angerechnet wird. Nein. Man darf sich tatsächlich noch beschimpfen lassen. Jeder Hundehalter hat bereits erlebt, dass es immer wieder Leute gibt, die unbedingt durch offiziell ausgeschriebene Freilaufgebiete (ja, der Hund darf nicht überall frei laufen, dann wird der Hundehalter nämlich mit zusätzlichen Geldstrafen belangt) laufen oder fahren und im Brustton der Überzeugung als Mensch überall im Recht zu sein, in oftmals unverschämtem Tonfall verlangen, man habe seinen Hund anzuleinen, weil ihnen der Anblick gerade nicht gefalle. Oder noch putziger – das man Angst habe. Die Schilder, die ein Freilaufgebiet kennzeichnen sind ja eigentlich nicht zu übersehen. Selbstverständlich kann kein anderes Gebiet von den Leuten okkupiert werden, die keine Hunde um sich haben wollen.

Oft trauen Hundehalter gar nicht, sich gegen diese Möchtegern-Despoten zu wehren – der Staat hat schließlich scharfe Hundeverordnungen und Rasselisten erlassen, die an Willkür kaum zu überbieten sind. Einen Hund sicher durch sein Leben führen heißt nämlich nicht allein, ihn vor realen Gefahren wie Autos, Wildtieren oder ähnlichem zu schützen. Es heißt in erster Linie tatsächlich, ihn vor der Willkür Hunde hassender Mitmenschen zu schützen.

Wenn Sie nun der Meinung sind, das seien alles nur Menschen, die keine Hunde halten, sind Sie leider auch wieder schief gewickelt. Lebenserfahrung hat gelehrt, dass es unglaublich viele Hundehalter gibt, die zwar ihren eigenen Hund lieben, aber durchaus andere Hunde diffamieren. Es ist wirklich traurig! Da denunziert einer den anderen, weil ihm die Nase nicht passt, und schämt sich nicht einmal dafür, das auf dem Rücken des Hundes auszutragen!

Mir selbst ist so etwas passiert, als Wilbert, als er mit ca. acht Monaten die ersten Freilaufversuche auf einer offiziell ausgeschriebenen Hundewiese machte. Zur Erinnerung: Er kam mit 6,5 Monaten zu mir und saß bis dahin im Tierheim. Ein ängstlicher kleiner Kerl, der nichts gelernt hatte. Er ist zu einer Hundehalterin gegangen, hat an ihrem Futterbeutel geschnüffelt. Nicht daran gezogen, nicht hineingebissen. Nein, geschnüffelt! Diese Person drohte doch tatsächlich, mich anzuzeigen, belegte mich mit unflätigen Ausdrücken und bezeichnete Wilbert als „Scheißköter".

An einem anderen Tag rannte von hinten ein Jogger in den neben mir herlaufenden Wilbert hinein. Er erschreckte sich und sprang den Jogger an. Er biss ihn nicht, er knurrte oder bellte nicht. Der neun Monate alte Hund sprang denjenigen an, der schmerzhaft in seine Beinchen gerast war, rücksichtslos in eine Gruppe Menschen mit Hunden, ohne darauf zu achten, ob er jemanden umrennt. Nun meint man, wenn man gesunden Menschenverstand und ein gewisses Anstandsgefühl besitzt, dieser Mensch würde sich entschuldigen. Weit gefehlt! Mir wurden körperliche Sanktionen angedroht und zusätzlich wurde mir gedroht, mich anzuzeigen!

Anstatt das Hundehalter zusammenhalten und laut schreien, ihre Steuern einbehalten und Druck ausüben auf unsere lieben Gesetzgeber, machen sie sich klein und haben nichts Besseres zu tun, als sich gegenseitig das Leben noch schwerer zu machen. Das wäre wichtig, um in dem Tollhaus, in dem man sich manchmal zu befinden scheint, zu überleben. Es sieht so aus, als habe man keinerlei Selbstbewusstsein; dass man der Allgemeinheit durchaus einen Dienst erweist, indem man Hunde hält, ist kaum jemandem bewusst. Es kann nicht nur die Angst sein, Schwierigkeiten mit Behörden zu bekommen. 2015 waren 7,89 Millionen Haushalte gemeldet, in denen ein Hund lebt, 1,18 Millionen mit zwei Hunden und 0,21 Millionen mit drei Hunden. Das ist eine gewaltige Anzahl. Wenn all diese Menschen aufständen und sagten „Schluss jetzt, wir sind keine Bürger zweiter Klasse! Weg mit den sowohl willkürlichen als auch unsinnigen

Verordnungen!", wäre meiner Meinung nach kaum ein Politiker mutig genug, seine (Wieder-)Wahl aufs Spiel zu setzen.

Warum duckt man sich und heuchelt jedem Meckerkopf gegenüber Verständnis, der sich über die Atemluft, die ein Hund ihm stiehlt, beschwert? Wieso lässt man zu, dass normales Verhalten von Hunden komplett abgestellt zu werden hat? Um keinen Ärger zu bekommen? Der läuft einem doch sowieso nach!

Zusätzlich gibt es Einschränkungen durch Bestimmungen, wo ein Hund nicht laufen darf, wo er nicht mit hinein darf, wie lange er bellen darf...

Auch ist man ja als Hundehalter gewohnt, Fragen gestellt zu bekommen à la „Mussten es denn gleich so viele Hunde sein?", „Musste es denn unbedingt ein großer Hund sein?",

„Musste es denn ausgerechnet diese Rasse/dieser Mix/diese Fellfarbe... sein?" Die Liste ist endlos.

Und umgekehrt? Geht der normale Hundehalter auf Übergewichtige zu „Müssen Sie eigentlich so viele Kalorien pro Tag zu sich nehmen?" oder fragt man in der Apotheke den älteren Mitmenschen „Muss es denn unbedingt noch eine Großpackung Ihrer Medikamente sein?" Nein, tut man nicht. Und warum? Weil es einen nichts angeht und weil es unverschämt ist! Aber als Hundehalter darf man sich all das gefallen lassen? Meine Meinung ist ja nur unmaßgeblich, aber diese ist: Hier läuft etwas ganz gewaltig falsch!

Ein normaler Tag bei uns...

Wie gestalten wir den Tag?! Zeit, dass der Leser einen kleinen Einblick in uns gewinnt. Schließlich hat man sich bis hierher bemüht, meine Gedanken zu lesen. Dafür danke ich!
Dämmerung und von Vogel-Gesang nach und nach in den noch jungen Morgen getragen zu werden. Schon immer liebte ich es. Als ich Kind war, hatten meine Eltern einen Wohnwagen auf einem Campingplatz und ich erinnere mich an eine Dachluke, die ich sehr gern offen hatte, während ich noch im Bett lag.

Gemütlich kuscheln wir uns weiterhin ins Bett. Dabei lese ich etwas bzw. schaue in Facebook — eine Plage der Neuzeit... Wenn wir aufstehen, geht es in den Garten - Kontrollgang, Pipi-Runde. Wenn wir diesen Mini-Gang hinter uns gebracht haben, die dumme Frage: „Möchtet Ihr jetzt Happa? Lecker Früüühstück?!" Aufgeregt zieht Wilbert dann an meinem Ärmel und rennt mit mir die Treppe nach unten. Am liebsten würde er mich wohl noch anschieben. Schließlich ist er über Nacht beinahe verhungert. Manu dagegen lässt sich meist im Schlafzimmer seinen Napf servieren.

Anschließend Tee für Frauchen und noch ein paar Minuten lesen, bevor wir uns in die Hektik des Tages stürzen. Morgengymnastik. Endet stattdessen oft in Nahkampf mit Wilbert. Manchmal beteiligt sich auch Manu, aber im Grunde schätzt er seine Ruhe am Morgen. Wilbert findet es nun mal ungemein lustig, wie Frauchen da auf dem Boden herumhampelt. Nachdem wir uns dann wieder eingekriegt haben, schnell unter die Dusche hüpfen. Beim Aussuchen der Kleidung ist Manu mit Feuereifer bei mir, beobachtet etwaige Schmink-Prozeduren genauestens.

Wie peinlich wäre es schließlich für ihn, wenn er mit mir rumlaufen müsste und ich trüge eine Hose und ein T-Shirt, die nicht zusammen passten! Nein, das geht nicht.

Danach ist dann Zeit für den Vormittagsgang. Hier fahren oder laufen wir ins nahe gelegene Freilaufgebiet. Dort treffen die beiden ihre Clique, tauschen das Neueste aus, nehmen Kontakte zu anderen auf und toben untereinander.

Ab nach Hause und ein Mittagessen für die Hunde. Wichtig. Sehr wichtig. Sie verhungern sonst.

Nun ein wenig ausruhen, kleines Nickerchen vielleicht. Irgendwann geht es dann, je nach Auftragslage, den ein oder anderen Kundentermin abzuarbeiten. Oder Hausarbeit erledigen.

Nachmittags ziehen wir dann los in den Wald, und dann wird ein schöner Aktiv-Gang gemacht. Hier sind die Schleppleine(n) im Einsatz. Manu kann meist laufen, da er nicht primär an Wild interessiert ist. Hier wird ein wenig gebuddelt, ich verstecke Leckerchen, es wird eine Fährte gelegt oder Flächensuche gemacht. Daran haben meine Hunde bisher alle Spaß gehabt. Zwischendurch toben und rennen dann Manu und Wilbert miteinander. Manchmal werde ich auch in diese Renn-, Tobe- und Zerrspiele einbezogen. Eigentlich fast immer.

Danach sind die beiden dann müde und – natürlich – hungrig. Also schnell nach Hause und ein Abendessen zaubern. Sonst verhungern sie... (Wiederhole ich mich etwa?!) Schließlich dürfen wir uns ablegen, entspannen, auf die Couch legen. Lesen und beim Fernsehen einschlafen. Nach dem ersten TV-Schlaf dann erfolgt der letzte Gang des

Tages, der Nachtgang. Wilbert hebt nach zwei Minuten sein Beinchen und zieht schnell ins Haus, weil er sooo müde ist. Schnurstracks geht er dann ins Bett. Manu überhaupt nach draußen zu bekommen, ist ein Abenteuer. Zuerst muss man ihn erfolgreich wecken. Manu schläft immer sehr tief und fest. Zuerst spreche ich ihn an. Dann wird vorsichtig an einer Pfote gezupft. Meist ernte ich ein Schnarchen. Irgendwann rüttele ich sanft an ihm, stetig wiederholend „Manu, wach werden, Pipi machen gehen!" Irgendwann helfe ich dem schlaftrunkenen Hund, sich aufzusetzen. Schnell die Pfoten durch das Geschirr stecken, während ihn die andere Hand abstützt. Läge er wieder, ginge die Weck-Prozedur von vorn los. Ist er dann endlich draußen, braucht er lustigerweise länger als Wilbert, ca. fünf Minuten. Danach ist er dann froh, endlich wieder in die Kissen sinken zu dürfen. Danach geht es dann auch für mich ins Bett, und kurze Zeit später folgt Herrchen Michael.

Warum ich Manu nicht einfach in den Garten schicke?! Weil er dort abends nicht hinein geht. Er dreht einfach um, damit er weiter schlafen kann. Man muss ihn leider regelrecht zwingen. Es ist einfach wichtig für seine Gesundheit, meine ich, sich noch einmal zu erleichtern. Ich möchte auf keinen Fall, dass er durch meine Nachlässigkeit Nierenprobleme bekommt.

Als Manu mich in seinen Anfangszeit noch nicht so gut kannte und nicht wusste, dass mein Kopf noch dicker ist als seiner, glaubte er wirklich, mich dahin erziehen zu können, wenn er einfach nicht strullert. Er hatte aber das Pech, dass ich ihm erklärte, ich liefe so lange mit ihm durch die Gegend, bis er sein Nacht-Pipi erledigt habe. Das zog ich ein paar Mal durch, dann war er so weit, zum

Schein das Bein zu heben. Es war nicht schwer zu erkennen, dass dort nicht einmal eine Markierung kam, sondern nichts. Also lief und lief ich mit ihm durch die Gegend, ihn abwechselnd erinnernd „Pipi, Manu, Pipi!" und drohend: „Nacht-wander-ung???" Irgendwann gab er auf und gestand mir die größere Sturheit zu. Es war regelrecht wie ein Ritterschlag.

Anhang 1

Der Angsthund

Wenn Du einen Angsthund hast, hat das verschiedene Gründe und auch, warum ausgerechnet dieser Hund zu Dir gekommen ist. Was fest steht ist, dass Du eine Aufgabe übernommen hast, die nicht jeder bewältigen kann und bei der auch nicht jeder bereit ist, sie zu bewältigen. Und auch Dein Hund steht vor einem riesigen Berg, einer Wand, einem Kokon, der ihn von anderen trennt.

Wie so oft in außergewöhnlichen Situationen wird sich Dein Freundeskreis reduzieren. Nicht jeder kann damit umgehen, dass Du feste Regeln hast, von denen Du nicht abweichen kannst, dass Du nicht immer einen Kopf für ein Späßchen hast. Dass Du manchmal von Sorgen geplagt, von Stress zerfressen oder einfach nur erschöpft bist. Fremde – oder auch bekannte – Personen, werden Dich mitleidig ansehen. Manche werden feindselig reagieren, manche mit Unverständnis.

Auch wenn Du „Angsthund-erfahren" bist, wirst Du feststellen, dass es „erfahren" in der Hinsicht nur gibt, dass Du bereits weißt, dass Dir und Deinem Hund eine Menge bevorsteht. Angst wirst Du in immer neuen Formen und Verhaltensweisen kennenlernen. Hatte der eine Angst vor Menschen, Hunden, Autos, kommen bei dem anderen vielleicht Gebäude, Kinder, Katzen dazu. Dein Hund möchte sich vielleicht nicht anfassen lassen, hat Angst vor Geschirr oder Halsband. Es gibt in dieser Welt eine ganze Menge, wovor ein Lebewesen Angst haben kann. Außerdem gibt es soviel Fremdes, dass auch das Unbekannte häufig Angst einflösst.

Wollte der eine Hund in Panik flüchten, geht der andere vielleicht nach vorne und ist angst-aggressiv. Der eine schreit vor Angst, der andere winselt, der andere ist einfach nur wie erstarrt. Es kommt auf Charakter, Erfahrungen und das bisherige Lebensmosaik des jeweiligen Geschöpfes an – und auch, wie Du damit umgehst, spielt eine Rolle.

Du wirst kleine und große Erfolge feiern. Die möchtest Du rausjubeln. Wirst Du aber nicht, da Du Deinen Hund nicht in Panik versetzen willst. Aber Du wirst auch Rückschläge kennenlernen. Vielleicht nimmst Du es locker. An manchen Tagen wird es Dich mehr belasten. Du reagierst gestresst, vielleicht ungeduldig. Du fällst vielleicht in ein schwarzes Loch und denkst Dir „Hätte ich Dich nie kennen- und lieben gelernt, wäre mein Leben jetzt viel einfacher". Dein Hund kommt dann vielleicht zu Dir und sucht Deine Nähe – Dich kennt er und versucht ja,

Dir zu vertrauen. Er orientiert sich an Dir und hat Dich gern. Er leckt vielleicht Deine Hand oder die Tränen von Deinem Gesicht. Und Du weißt, dass er es viel schwerer hat. Wenn man fröhlich und lustig sein möchte, aber es nicht sein kann. Wenn man mutig sein möchte, aber Todesangst empfindet. Und Du weißt, dass es kaum etwas geben wird, was Du für diesen Hund nicht tun würdest. Das merkt er und er vertraut Dir immer mehr. Du gibst ihm Stabilität. Du zeigst ihm die Welt, wie man sich in ihr zu verhalten hat.

Die Zeit vergeht, und Du bist in dieser Aufgabe wie in einem Netz. Du gehst auf den Hund ein, hast mit ihm gemeinsam weiter Erfolge und Rückschläge und und und... Alles wie gehabt.

Dann gehst Du eines Tages (bei einigen eher, bei anderen später — bei manchen leider nie) irgendwann mit Deinem Hund spazieren und erkennst eine Sache, die schleichend kam. Nicht mit einem Paukenschlag oder einem Feuerwerk. Sondern ohne großes Hallo. Du merkst, dass Du seit einiger Zeit einen normalen Hund hast. Mit kleinen Macken, die jedes Lebewesen hat. An denen Ihr arbeiten könnt oder auch nicht. Aber Du resümierst und weißt, dass Ihr es geschafft habt! Eine heiße Freude befällt Dich und Du strahlst äußerlich und innerlich. Du würdest gern jedem Entgegenkommendem zurufen: „Ich habe einen normalen Hund!" Du lässt es sein, denn die Leute würden ja mit dem Kopf schütteln und denken „Klar, dachte die etwa bisher, sie hätte einen Dinosaurier?!" Daher genießt Du einfach diesen schönen Gedanken, diese Erkenntnis und dankst im Stillen allen, die die Geduld hatten, und sich die Mühe gemacht haben, diese Zeiten mit Euch durchzustehen. Vielleicht hättet Ihr es ohne Hilfe und

Unterstützung mancher Menschen, Hunde, Lebewesen nicht geschafft. Die Euch aufgebaut haben, die sich schützend vor Euch stellten, wenn es sein musste. Die an Eurer Seite waren.

Diesen Text widme ich zwei meiner verstorbenen Hunde, die ihre Angst überwanden und fast wie normale Hunde leben konnten und Wilbert, der mit 6,5 Monaten bereits soviel Leid hinter sich hatte, dass er in dem Alter schon ein Angsthund war, aber mit Mut und Vertrauen diese Aufgabe mit mir bewältigt hat, sich ein schönes Hundeleben zu erkämpfen.

Anhang 2

Der Hundewiesenkrimi

Hauptdarsteller:

Belgische Schäferhündin Emmi mit Frauchen Gita – ständig mit Ballspielen beschäftigt

Nada, eine schwarze, langhaarige Mischlingsdame mit Frauchen Berta – eine Prinzessin auf Abwegen

Raysto, Hovawart, mit Herrchen Kalle – hält sich für den Chef

Zwei Jagdhundmixe namens Theo und Malu mit Frauchen Sonja – einer ständig auf der Suche nach dem perfekten Reh und einer ständig auf der Suche nach dem perfekten Schlafplatz

Das Opfer:

Wastl, ein Yorkshire-Terrier-Mix, „Mama" Frau Quietsch

Der mutmaßliche Täter:

Bretonenhündin namens Susi mit Frauchen Nora

...aber war sie es wirklich...?!

Die Inquisitoren:

Herr Witzbold und Frau Müller-Thurgau vom Ordnungsamt Wiesefehlt

Eines schönen Tages spazierten Emmi, Nada, Theo und Malu neben ihren Menschen her, wie so oft. Kurze Zeit später stießen sie auf Raysto, der sich als Rudel-Chef der Bande verstand. Alle Hunde ließen ihn in dem Glauben, wobei ihn Malu tatsächlich bis zu einem gewissen Grad bewunderte. So groß und eindrucksvoll würde er auch gern wirken. Allerdings war Malu ein tiefergelegter Hund mit langen Schlappohren, der nie so recht ernst genommen wurde. Abends und nachts kuschelte er sich zu seinen Menschen ins Bett – auf Frauchens Bauch – denn seine Menschen waren größer als er und würden ihn vor den bösen Geistern, die ihn im Traum heimsuchten. Tagsüber... Draußen... Ja, da wäre er trotzdem gern groß, stark und bewundert gewesen...

Während sie gemeinsam daher liefen, schnüffelten Theo und Manu eifrig, Emmi spielte mit Gita Bällchen und Nada verschwand diverse Male, während Berta hinter ihr herlief und versuchte ihr, klar zu machen, dass sie gar kein Interesse habe, Baustellen und ähnliche, dem Menschen gefährlich erscheinende Orte, aufzusuchen. Was Nada völlig anders sah. Raysto lief ein wenig vor, begrüßte hin und wieder Jogger und Spaziergänger (man will ja wissen, wer sich im Revier so herumtreibt).

Irgendwann erreichten sie eine große Wiese und dort trafen sie auf eine vor kurzem hergezogene Hündin namens Susi. Eine Bretonin, sehr sensibel und schüchtern noch. Wie auch Emmi, Nada, Theo und Malu hatte Susi eine Vergangenheit, mit der sich nicht so einfach abschließen ließ. Ihre Menschin, Nora, gab sich alle Mühe, ihr bei der Eingewöhnung zu helfen und kutschierte sie schon daher täglich in das große Auslaufgebiet kurz hinter der Spar-Ring-Burg.

Die Hunde bewedelten sich eifrig und Analdüfte wurden ausgetauscht. Theo, der kleine Charmeur, verteilte Küsschen an die Ladies. Nachdem auch die Menschen einige Worte gewechselt hatten, ging man wieder seiner Wege. „Eine nette Maus, hoffentlich wird sie bald läufig", brummelte Raysto vor sich hin. „Lüstling!", schimpfte Nada empört und Emmi verdrehte nur die Augen. Theo ignorierte ihn geflissentlich und warf Malu einen warnenden Blick zu, nicht zu fragen, da sich dieser Hund, der sehr eingesperrt aufgewachsen war, nicht mit einem solchen Thema auskannte, da er sehr früh kastriert wurde.

Man war ein paar Meter auseinander, da passierte es: Susi begeisterte sich offenbar für einen kleinen Yorki-Mix namens Wastl. Sie rannte freudig auf ihn zu. Wastl konnte leider wenig mit normalem Hundeverhalten anfangen, da seine „Mama", wie sie sich selbst nannte, in ihm ein Baby sowie Kindersatz sah. Somit schmiss der kleine Hund sich um sein Leben kreischend hin. Frau Quietsch, seine „Mama", brach in hysterische Schreie aus. Wastl rappelte sich auf, als Susi von ihrer Begrüßung verstört abließ – sie wollte ihm doch nichts tun! Hatte sich nur gefreut! Wastl rannte los und Frau Quietsch, ihrem Namen alle Ehre machend, kreischend hinter ihm her. Die Gruppe um Emmi und Gita schüttelte die Köpfe, einigte sich auf „Meine Güte, wie stellt die sich denn an?!" und lief weiter.

Die Begebenheit vergaßen alle im Laufe des Tages, denn es war ja nichts gewesen. Einfach eine Episode aus dem Hundeleben, dem Hundewiesenalltag. Alle machten den

Tag über ihr Ding und die Hunde erholten sich von dem erlebnisreichen Spaziergang. Schließlich musste man am nächsten Tag wieder das Revier durchstreifen. Das ist sehr anstrengend für Hunde, die ja jeden Tag erneut erschnuppern müssen, wer sich wann in ihrem Revier eingefunden hat.

Als sich die Gruppe dann auch am Folgetag wieder traf, gingen erste Gerüchte umher: Wastl schwebe durch Bisse in Lebensgefahr, Susi habe ihn halb zerfleischt. Frau Quietsch verbreitete auch per Plakat eine Version, die kein Augenzeuge unterschreiben konnte. Angeblich war Wastl von der schüchternen Susi halb ermordet worden. Die örtliche Zeitung wurde tränen- und lügenreich informiert. „Einfach beschämend, was daraus gemacht wird!", einigte sich die Menschengruppe.

Die traurige Wahrheit stellte sich ein paar Tage später heraus. Frau Quietsch hatte Nora und Susi beim Ordnungsamt Wiesefehlt angezeigt. Herr Witzbold und Frau Müller-Thurgau waren der Ansicht, Susi sei ein gefährlicher Hund, und sie zogen sie direkt ein – denn eins war sicher: Wastl schwebte eine Weile in Lebensgefahr. Aber nicht wegen etwaiger Bisse, sondern, weil er vergiftet worden war. Er hatte zwei kleine Mini-Bisse, die nur leicht größer waren als Schlangenbisse. Sie hätten gut und gern von einem Hund stammen können, von den Fangzähnen – wenn Susi denn zugebissen hätte. Seltsamerweise hatte er noch ein Gift im Körper. Nun unterstellten Herr Witzbold und Frau Müller-Thurgau, Susi habe ihre Zähne mit dem Gift einer ihrer Mitbewohner – der Viper Elsa – versehen und damit Wastl gebissen. Nora war nämlich eine große Tierfreundin, die irgendwann eine ältliche Schlange zu sich genommen hatte, die gerade im Wald ausgesetzt werden sollte. Ihre Beteuerungen, sowohl Susi als auch Elsa seien völlig harmlos, brachten nichts. Schlange Elsa war ja sogar überzeugte Vegetarierin und die Futtermäuse, die Nora ihr einmal widerstrebend gekauft hatte, lebten bei ihr ein lustig-vergnügtes Leben in einer eigens hergerichteten Mäuse-Villa, weil Elsa sie als Futter verschmähte und zwei Tage lang in ihrem Terrarium mit ihnen ihre Salatblätter teilte. Aber das Ordnungsamt Wiesefehlt war strikt und streng: Susi saß im Tierheim, von allen ihren Liebsten getrennt... Sie wartete sogar auf ihre Giftspritze. In NRW kennt man mit „gefährlichen" Hunden wenig Gnade...

Während Frau Quietsch ihre abstruse Geschichte verbreitete, war Raysto, Emmi, Nada, Theo und Malu klar, dass man der armen Seele Susi helfen müsse. „Schrecklich!", jaulte Nada, während sie Möhrchen und

Knäckebrot in sich hinein futterte. Berta, ihr Frauchen, hatte sie auf Diät gesetzt. Sie selbst war eine sehr schlanke Person und Nada neigte ein wenig zum Moppel-Ich. Zuerst einmal musste Susis Unschuld festgestellt werden und danach den Menschen klar gemacht werden, dass die schüchterne Hündin keine Schuld träfe, überlegten sich die Hunde. Und dann wäre alles natürlich ein Kinderspiel: Menschen haben Zugang zum Kühlschrank — sie müssen Götter sein! Sie würden Susi helfen können! Natürlich sind Hunde ihnen von der Intelligenz her überlegen, aber haben eben leider weniger Möglichkeiten. So musste also das Denken den Hunden, den Einsteins, überlassen bleiben, und die Menschen als willige Werkzeuge die Taten ausführen.

Irgendwann kam unserer Gruppe die Golden Retriever-Hündin Marta entgegen. Sie hatte sich, da sie ein übermütiges junges

Hundemädchen war, beim Spielen Stöcke in die Flanke gestoßen, so dass es aussah wie kleine Bisse. Da ihr Frauchen aber sehr vernünftig war, machte sie daraus kein Gewese. Marta jammerte ein wenig bei ihren Kumpels herum, aber die erklärten ihr nur, dass sie so etwas immer mal erleben würde. Schmerzen gehörten nun mal zum Leben und wenn man einen Menschen habe, der sich um einen kümmere, sei das doch halb so schlimm. Dann ließe man sich seine Verletzungen pflegen und bekäme, wenn man es geschickt anstellte, immer mal ein Extra-Lecker aus Mitgefühl. Jede Verletzung und Krankheit habe also auch ihre positiven Seiten.

Und dann kam den Hunden die Erleuchtung! So musste es auch mit Wastl gewesen sein! Stöcke, die sich in seine Haut gebohrt hatten! Und Theo schoss den Vogel ab – er hatte vor Jahren einen kleinen Splitter einer Robinie im Pfötchen gehabt. Der Tierarzt, der ihn operierte, hatte Frauchen Sonja erklärt, dass er Glück gehabt habe. Robinien seien sehr giftig! Nun ging allen Vierbeinern ein Licht auf...

Eine Weile wurde darüber nachgedacht, wie man nun den Menschen, die ja immer etwas langsamer im Kopf waren, klarmachen konnte, was wirklich passiert war: Nämlich, dass Wastl Robinienzweige in der Pfote gehabt hatte.

Einige Tage und viele Knochen später fasste die Hundegruppe dann einen Plan. Er war riskant, aber sie waren bereit, zum Äußersten zu gehen. Notfalls sogar ihr Leben zu opfern für eine unschuldige Hündin. Sie besprachen den Plan während ihrer morgendlichen Runden. Es wurde beratschlagt und hin- und herüberlegt. Wie sollten sie es anstellen?! Kostbare Tage verstrichen. Susi war schon beinahe nur noch ein Geist im Revier, völlig vergessen von den meisten, und im Tierheim ein Schatten ihrer selbst. Schließlich beschlossen Raysto, Emmi, Nada, Theo und Malu, es darauf ankommen zu lassen...

Die Hunde gingen mit ihren Menschen an besagter Robinie vorbei. Völlig untypisch begannen sie, zu spielen. Normalerweise liefen sie miteinander durch die Welt, spielten zwar mit anderen Hunden, aber innerhalb der Gruppe tobten lediglich Emmi und Raysto schon einmal herum. Theo drückte es meist so aus: „Ein Spaziergang ist etwas Ernsthaftes – man muss immer damit rechnen, dass einem ein Reh oder Kaninchen vor die Füße läuft! Und dann muss man bereit sein!" Und dabei zitterte er vor Aufregung, spähte herum und stöberte im Gebüsch weiter. Malu, der Junior, dagegen: „Spielen?! Es ist doch sowieso schon so anstrengend, herumzulaufen. Frauchen lässt uns oft zu Gewaltmärschen aufbrechen. Außerdem... Ich könnte umgerannt werden!" Nada als ältere Lady ließ sich zwar schon mal zu Spielversuchen bei hübschen jüngeren Rüden überreden, aber Qualität statt Quantität. Nun, man kann sich also vorstellen, dass die Menschen ein wenig erstaunt guckten, als ihre Vierbeiner tobend um sie herumsprangen: Emmi und Raysto belauerten einander, während Malu wie ein Kreisel um sie herumlief. Nada ließ sich dazu herab, hinter Malu herzulaufen und Theo catchte den ein oder anderen Körper an. Das Spiel hatte natürlich System. Während ihre Menschen ihnen zusahen, ließen sich Emmi und Malu jeweils gekonnt vor deren Augen je zwei Stöcke in die Flanken pieksen. Lautstark jammerten beide. Die Menschengruppe stürzte zu ihnen, völlig geschockt. „Oh je", sagte Gita. „Da müssen wir wohl zum Tierarzt fahren!" Sonja stimmte ich‚r zu und gemeinsam packten sie ihre winselnden Hunde in die Autos.

Während der Fahrt begann das Gift der Robinie schon zu wirken: Die beiden Hunde wurden apathisch und hatten auffällige Kreislaufstörungen. Beim Arzt angekommen schlug dieser die Hände über dem Kopf zusammen, als sie, getragen von ihren Menschen hereinkamen, legte sie beide an den Tropf und beauftragte Gita und Sonja, ihm ein Stöckchen zu besorgen, an dem die beiden sich verletzt hatten. Gesagt, getan. Natürlich war es Robiniengift und Emmi und Malu konnte schnell geholfen werden.

Nach der Behandlung lief alles seinen gewohnten Gang – oder eher: Emmi und Malu wurden beide zu Hause bei sich ordentlich verwöhnt. „Oh fein", Malu kuschelte sich in sein donutförmiges Körbchen. „Vielleicht muss ich dann morgen nur eine Kurz-Runde laufen!" Zu seiner großen Enttäuschung kündigte die Menschengruppe aber an, dass sie wegen der beiden Patienten dann eben ein wenig langsamer laufen würde. Während die Menschen so blödelten und diskutierten und Gott und die Welt bequatschten, kam auf einmal Kalle auf die Idee: „Wenn es nun bei Wastl ähnlich gewesen ist...?! Die Schlange des Haushalts kann nicht einmal einer Maus etwas zuleide tun, also wäre es doch unlogisch, wenn sie sich mit dem Hund des Hauses verbündet hätte, um einen anderen unschuldigen Hund umzubringen, den sie wohl nicht einmal kennt. Außerdem ist Susi ein netter Hund. Und auch nicht sonderlich helle, dass sie so eine Tat planen und ausführen könne!"

Endlich hatte es also bei einem der Menschen geklingelt!

Diese Idee wurde nun von Gita, Berta, Sonja und Kalle beim Ordnungsamt Wiesefehlt vorgetragen, als Zusatz gab es die Krankenberichte von Emmi und Malu. Selbstverständlich dauerte es eine Weile, bis Herr Witzbold und Frau Müller-Thurgau begriffen. Auch in Ordnungsämtern sitzen nicht unbedingt die geistig schärfsten Mitarbeiter. Aber schließlich erklärten sie sich bereit, die Krankenakte vom Tierarzt der Frau Quietsch und ihres Hundes Wastl anzufordern. Und siehe da – auch bei Wastl war Robiniengift im Blut gewesen!

Als Frau Quietsch näher befragt wurde, verwickelte sie sich in eine Menge Widersprüche, bis sie hasserfüllt hervorstieß: „Ja – der dumme Köter hat sich an der Robinie verletzt! Und ich hatte keine Lust, die Tierarztkosten zu zahlen. Gelegenheit macht halt Diebe! Da ich sowieso keine Köter mag, die größer sind als mein Baby, kam mir der Angriff von dieser räudigen Bretonin gerade recht!" Es gelang dann, im Laufe der nächsten drei Tage, zu klären, dass Susi mitnichten einen Angriff gestartet habe. Die hübsche, verwirrte Hündin durfte dann endlich von ihrem Frauchen aus der Gefangenschaft geholt werden, wo sie bereits auf die Einschläferung wegen Gefährlichkeit wartete. Susi und Nora brachen beide in lautes Gejaule und Geheule vor Rührung aus.

Als Nora erfuhr, warum der Fall geklärt worden war, spendierte sie für Emmi und Malu, die ja das vermeintliche Pech gehabt hatten, verletzt zu werden und nur dadurch Transparenz in den Fall bringen konnten, eine Tüte Frolic. Diese wurde natürlich geschwisterlich mit Raysto, Nada und Theo geteilt.

Und Frau Quietsch, die „Mama" von Wastl, die sich als so lieblos herausgestellt hatte?!

Nun, gegen sie wurde ein Strafverfahren eingeleitet, an dem sie zu gleichen Teilen Susi, Emmi und Malu sowie ihrem eigenen Hund, Wastl, die Schuld gab. Letzterer war dann in ihrem Haushalt nicht mehr willkommen. Aber auch da wusste unsere Menschen- und Hundegruppe Rat: Wastl wurde von Hilke adoptiert, die jahrelang einen Berner Sennen-Mix gehabt hatte. Bislang war sie so in Arbeit eingespannt, dass sie nicht wagte, sich einen neuen Hund zu holen. Aber da sie schon länger vorhatte, nur noch eine ¾-Stelle auszufüllen, reduzierte sie ihre Arbeitszeit, und Wastl war kein Baby und Kinderersatz mehr, sondern mutierte zum Yorkie-Mix mit Rottweiler-Herzen.

Eventuelle Ähnlichkeiten mit Personen aus dem realen Leben sind rein zufällig und nicht beabsichtigt.